JN088392

「騙していたのですね、いいえ、ゆりう様……ユリユー・デリンジャー！」
「もうちょっとだけ師匠には内緒にしといてくれない？」

CHARACTER

また殺されて
しまったのですね、探偵様

追月薬杏

朔也の母。おおよそ探偵という職業と最も相反している職業、オカルト専門の研究者。彼女曰く、オカルト考古学者。悪霊に取り憑かれているらしい。

鴉骸木惨美

探偵一族、鴉骸木家の三女。幼少期より教え込まれた殺人剣技に長けている。
鴉骸木家は、一族全体で追月断也に敵愾心を抱いているらしい。

入谷雨瀧

朔也の知り合いの中学生。謎とも不思議とも関係のない、フツーの女の子。

「ゴーストは未来からはやってこない。彼らは常に過去から私たちの前に立ち現れる。

　折重なった時間と魂と思念の地層——私はそこから視えざる世界の遺物——あらゆるオカルトを発掘している」

また殺されてしまったのですね、探偵様5

てにをは

MF文庫J

口絵・本文イラスト●りいちゅ

KILLED AGAIN, MR. DETECTIVE.

CONTENTS

また殺されて
しまったのですね、探偵様

CHARACTER

また殺されて
しまったのですね、探偵様

追月探偵事務所

追月朔也

伝説の名探偵・追月断也の息子にして半人前の高校生探偵。
殺されても生き返るという特殊体質を持つ。

リリテア

とある事件をきっかけに追月探偵事務所に身を寄せることになった少女。朔也の助手。

朔也の周囲の人々

漫呂木薫太

刑事

入谷雨瀧

朔也の知り合いの中学生

フィド

イギリス最高の探偵

ベルカ

フィドの助手

最初の七人

（セブン・オールドメン）

厄災とまで言われた七人の国際指名手配犯。

嬉原耳

シャルディナ・
インフェリシャス

フェリセット

ユリュー・
デリンジャー

?

ハオタオ

?

タリタ・リグビィ

?

ジルチ

是迄《これまで》のあらすじ

史上最強の探偵を父に持つ追月朔也《おうつきさくや》は自身もまた探偵であり、そして何度殺されても蘇《よみがえ》る特異体質の持ち主である。しかし半人前故か生来の不運故か、朔也は事件に巻き込まれるたびにいつもいち早く犯人によって殺されてしまうのだった。

生き返った朔也をこの世で一番に出迎えるのは、有能な助手リリテア。

殺されてばかりの朔也に彼女は決まってこう言う。

「また殺されてしまったのですね、朔也様」

そんなある時、父の追月断也《たつや》が何者かの謀略によって命を落とす。旅客機が豪華客船の上に墜落するという未曾有《みぞう》の大事故と共に。

残された朔也は追月探偵社を引き継ぎ、リリテアと共に数々の難事件に挑んでいく。曰《いわ》く付《つ》きのホテルで、真っ赤な劇場で、恐ろしい観覧車の回る遊園地で、セイレーンの棲《す》む地中海の孤島で——。

その一方で父の死を受け入れられないでいる朔也は、その死の真相を探るためにリリテアと共に動いていた。

断也の死の鍵を握るのは《最初の七人《セブン・オールドメン》》。かつて追月断也が捕まえた七人の大罪人である。その中で最初に出会ったのは大富豪怪盗《セレブリティ》、シャルディナ・インフェリシャス。しかし彼女は「旅客機を墜落させたのは自分ではない」と言う。

続いて出会ったのは夢見し機械《アンドロイド》、フェリセット。彼女は断也が生きている事を漫呂木《そぞろぎ》に明言していた。

機械の体を持つロボットであるフェリセットは、朔也を自身が収監されている刑務所に招き、そこで起きた人間とロボットの心中事件の真相解明を依頼する。

そして事件解決の報酬として断也に関する情報の提供を約束した。

そして外界と隔絶された刑務所の中、愛と魂の在処《ありか》を問う難事件の果てにフェリセットは「母さんによろしく」という、断也からの謎めいた伝言を朔也に託し、直後に特殊部隊によって破壊されてしまう。

事件収束後日常へと戻った朔也は、何年も前に家を出て行ってしまった母に会いに行くことを決心する。

だがそんな朔也の前に愛らしい一人の少女が現れる。

それは新たな体《ボディ》に乗り換え、密《ひそ》かに脱獄を果たしていたフェリセットだった。

渦《うず》巳《み》山《やま》の眠れる姫君

KILLED AGAIN, MR. DETECTIVE.

一章　お兄ちゃんの力になりたい

もしもあなたがとびきりの好奇心の持ち主で、仲間と一緒に訪れた森の奥のロッジでその本を見つけたとしても、決してそれを開いてはならない。

「本当よ！　トイレの窓の外にマスクを被《かぶ》った大男が立ってたの！」

「ジェーン、強い酒の飲み過ぎだ。フィッシュでも焼こうか。昼間向こうの池で釣ったんだ」

ジェーンがヒステリックに叫び、クリスがそれを宥《なだ》める。これまでにも何度かあったやりとりだ。大学でもバイト先でも、何かというとこの二人はこういうやりとりを日常的に繰り返していた。

「嘘《うそ》じゃないわ！　お願い信じてクリス！　あの本よ！　きっと私たちが面白半分であの古びた本を開いたから……ああ……待って……神様……！」

ジェーンが瞳を大きく見開く。

「クリス！　後ろよ！　あいつ、もうこのロッジに入り込んでいるわ……！」

「ハハ、俺を怖がらせようったってそうは……うっ!?　ぐばあああぁぁぁああ！」

ジェーンの警告も虚《むな》しくクリスの土手っ腹から巨大なハ・サ・ミが飛び出す。

音も立てずクリスの背後に立っていたのは蜂のマスクを被った大男！

自慢の凶器でクリスを串刺しの刑に処し、ご満悦の様子だ。

「いやああああぁあっ！」

泣き叫ぶジェーン。メイクも涙ですっかり流れ落ちている。

ラグビーによって鍛えられたクリスご自慢の肉体は串刺しにされたまま、軽々と宙に持ち上げられた。

「ゲバババァァアア！」クリスの口から大量の血。彼の肉体はマスク大男の手によって見る見るうちに裁断縫合され、人体素材の見事な人皮製品へと仕立て上げられる。

一方、鮮血のスプリンクラーを全身に浴びて真っ赤になったジェーンは半狂乱で――。


「ッきゃあ――ぁ！」

画面の向こうで繰り広げられる惨劇にゆりうが悲鳴を上げた。そしてバケットを放り投げる。ポップコーンのシャワーが俺に降り注ぐ。

「ゆりう様、落ち着いてください。これは映画、全て作り事でございます」

空になったバケットをキャッチし、リリテアがフォローを入れる。

座り慣れたリビングのソファ。

俺の左にリリテア、右にゆりう。

そして足元にもう一人。

見事なまでに少女然とした少女が、その細く白い足をカーペットの上に放り出している。

「朔也《さくや》」

少女はそれまで食い入るようにテレビ画面を見つめていたが、クリスが絶命したのを見届けるなりクルリとこっちを振り向いた。

「男が口から吐き出した血、明らかに人間一人の体内に保有されている血液量をオーバーしているように見えたが、これが恐怖のポイントということかな？」

振り向いたその顔は人形のように愛らしく、何がしかの男心のツボを心得た造形をしている。

いや、見た目だけでなくその仕草も表情の作り方も、全てが、だ。

少女フェリセットは完璧な少女としてそこにいる。

俺と同様、その小さな頭の上にもさっきゆりうが放り投げたポップコーンが載っているけれど、それすら愛らしさの一部として味方につけているような雰囲気がある。

俺はその一粒を拾い上げてやり、隣でまだ恐怖に叫んでいるゆりうの口に放り込んでやった。

「朔也、説明を」

「そ、それは……」

「うん」

「血はぁ……お、多けりゃ多いほどいいでしょうがぁ！　なるべく！」

無念。もっと色々納得感のある理由を並べられそうなものなのに、ろくな説明が思いつかなかった。

案の定フェリセットはちっとも納得していないような表情をしている。

「いいから黙って見てろよ。お前が興味あるって言うからわざわざこんな休日の昼間からホラー映画上映会をしてやってるんだぞ」

部屋の電気を消してカーテンを閉め切って、ポップコーンまで用意して。

我が家のリビングは今、即席の小劇場だ。

案外素直に前に向き直るフェリセット。その小さな後頭部を眺めながら改めて思う。

何やってるんだか、俺は。

あのシャーロック……いや、屈斜路《くっしゃろ》刑務所のオートワーカー暴走事故のあと、紆余曲折《うよきょくせつ》を経て俺の家に最初の七人《セブン・オールドメン》の一人、フェリセットが転がり込んだ。

しかも知り合った時の重装甲ロボット兵器的な姿とは似ても似つかない、愛らしい猫耳少女として。

この可愛《かわい》らしい少女の正体がフェリセットだと知っているのは、今のところ俺とリリテアだけだ。

ゆりうはたまたま今日事務所に遊びに来ただけで、目の前の少女が実は人間ではなく、精巧に造られたロボットだということを知らない。もちろん脱獄を果たした大罪人であることも。

「え!? 師匠に妹さんがいたんですか!?」

「そうらしいんだ。親父《おやじ》の隠し子らしくてさ。俺も初耳で、ついこないだ初対面したばかり。名前はフェリ。急に事務所を訪ねてきちゃって参ったよー」

「複雑なご家庭なんですね……。でも可愛《かわい》いのでオッケーです! よろしくねフェリ子ちゃん!」

これだけの会話で納得してしまえるゆりうの軽さを尊敬する。

ちなみに漫呂木《そぞろぎ》もこのことを知らない。もし知ったら失神しながらクリスと同じくらいの量の血を吐くかもしれない。

相手は最初の七人《セブン・オールドメン》なんだから、本来ならすぐにでも警察に知らせるべきなんだろうけれど――。

――私の秘密を誰かにバラしたら、探偵君の体も細かくバラす。

なんてことをはっきり宣告されている手前、おいそれとフェリセットの居場所を人に漏らすわけにもいかない。

最初の七人《セブン・オールドメン》である彼女にならば、有言を実行することも容易《たやす》いだろう。

とは言え、何も俺はそんなド直球な脅迫に屈して彼女をここに置いているわけじゃない。なぜならたとえ本当にバラされたとしても俺は体質上生き返ることができるからだ。その事実がある限りこの脅迫はあまり意味をなさない。

フェリセットだって俺の体質のことは承知しているわけで、だからこの脅迫は初めから単なるポーズでしかないのだ。

素直に「行くところがないから置いてください」と言えばいいのに、とも思うが、フェリセットはそんなタマではない。要するに形ばかりの脅迫は彼女なりの強がりなのだ――と、俺は勝手にそう解釈している。

脅迫が無意味ならこの少女型ロボットを家に置いてやる義理もないじゃないかと言われるとそれはその通りなのだけれど――。

「なんか……なあ」

思わず独り言が漏れてしまう。

そう、俺は不思議とこいつを嫌いになれなかったんだ。

それだけのことなんだ。

それに自由の身になったフェリセットを野に放つわけにもいかないし――。

とまああれやこれや考えた末に、今はそばに置いておくのが無難だと判断するに至ったというわけだ。

リリテアも最終的には理解を示してくれたし、フェリセット自身も今のところ大人しくしている。

願わくは少しの間だけでもこの危うい平穏を保っていたいところだ。

「フェリちゃーん、冒頭から微動だにせず画面の前にじんどってるけど怖くないのー!?少しは怖がってよー。あたしの恐怖を二分割する意味でもー!」

ゆりうは持ち前の明るさで遠慮なくフェリセットにスキンシップを取りまくっている。見ているこっちがヒヤヒヤする光景だ。

「え?　怖がらないの変だった?　なら怖がる。きゃあ!」

絡まれたフェリセットがいきなりぎこちない悲鳴を上げた。

フェリセットなりに人間の少女のふりをしようとしているらしい。

悲鳴を上げる際に足をピンと伸ばしたせいで、黒いスカートの裾が捲《めく》れてフェリセットの太ももが露《あら》わになる。

後ろからそれをモロに見てしまって、俺は気まずい心持ちで視線を逸《そ》らした。なんで気まずく感じなきゃならないんだと腹も立てつつ。

しかし機械の肉体だと分かっていても目の毒だ。

でも逸らした先でフェリセット本人と目が合ってしまう。

フェリセットは横目で俺を見たまま薄く微笑《ほほえ》んでいた。

そしてあろうことか人差し指で自分の太ももをツーっとなぞってみせる。

こいつ……！

理解《わか》っててやってる！

気づいていやがる！

自分の姿形の特性を。

少女としての魅力と可愛《かわい》らしさを。

その上でどういう行動を取れば人が喜び、悦《よろこ》び、胸をときめかせるのか、それを探ろうとしている！

まさしくＡＩが様々な情報を得て学び、それを活用して進化を遂げるように。

こっちをチラチラ見るな！

もしかして俺はとんでもなく末恐ろしい、無敵の少女予備軍を我が家に上げてしまったのでは――。

なんて考えていると、インターフォンが鳴った。来客だ。

「くっ……ちょっと行ってくる。大丈夫。リリテアは座ってて」

恐ろしい想像を切り上げ、ソファを立った。

ドアの前に立っていたのは、大きめのスウェットとミニスカートに真っ白なスニーカーという格好の少女。

よく知る顔だった。

「や。さっくん」

「雨瀧《うたき》ちゃん。家に訪ねてくるなんて珍しいな」

彼女は入谷《いりや》雨瀧。中学二年生。

とある事件の中で知り合って以来の仲だ。

「電話したのに出なかったじゃん」

「あ、ごめん」

そういえばより映画館っぽく演出するためにスマホの電源も切っていたんだっけ。

「繋《つな》がんなかったけどもう事務所の近くまで来てたから、いいや直接凸《とつ》っちゃえって思って」

今時とでもいうのか、終始気だるそうに話すのが雨瀧の一つの特徴だ。

「とりあえず入れば?」

「そりゃそーでしょ」

遠慮のない雨瀧を連れてリビングに戻ると、ちょうどリリテアがカーテンを開けているところだった。

テレビの画面にはエンドロールが流れている。

映画は終わってしまったらしい。結末を見逃してしまった。

雨瀧はリリテアの姿を捉えるなり「リリテアさーん！」と言って抱きついた。それから今度はゆりうを見つけて「うそだ！」と叫んだ。

「ゆりうちゃんがいる！　えっ！　本物⁉」

「ややっ！　師匠、その子は確かクーロンズ・ホテルの！」

「雨瀧です！　とりあえずサインください！」

二人はクーロンズ・ホテルでの連続惨殺事件の時に知り合ってはいたはずだけれど、まさかここにいるとは思っていなかったらしい。

あの時とは違って、今やゆりうは押しも押されもせぬ売れっ子女優の一人。驚くのも無理はない。

「で？　改まって何の用だ？」

ゆりうとの関係性の説明もほどほどに、キッチンに移動して椅子を勧める。

雨瀧は両膝を抱えるような姿勢で椅子に座るなりこう切り出した。

「探偵事務所に来る理由なんて仕事の依頼以外にないでしょ」

「なんだ。てっきり友達として遊びにきてくれたのかと。まあいいや、それで依頼内容は？」

「今度林間学校があるんだけど」

「通ってる学校で？　林間学校か。いいじゃないか。楽しんでくれば」

俺たちも各々椅子に座り、テーブルを囲む。

「それができないかもしれないから来たの。てか話は最後まで聞く」

「うん」

「実行委員会に脅迫状が届いて二年の一部がざわついてんの」

「脅迫状？　誰から？」

「さあ。書いてないし分かんない。謎」

雨瀧《うたき》は靴下の位置を直しながらつぶやく。

「学校側はどのように考えているのですか？」

優雅な所作でリリテアがテーブルに人数分の麦茶を出してくれた。

「ありがとリリテアさん。はーマジで今日も美人。四六時中美人。天才すぎ」

「いえ、そそ、そんなことは」

裏も表もなく普通にしっかりと褒められて、リリテアは口をモニョモニョさせながらお盆を胸に抱いた。困り果てている様子。

「学校にはね、知らせてないみたい。先輩ら、今年が最後だし、下手に学校に知らせて話が大きくなってさ、それで本当に中止させられたらやなんだって。うちの学校、面倒ごと大嫌いだし、保護者からちょっとでもクレーム来たらすーぐ言いなりになっちゃうの」

「単なるイタズラかもしれないのに、それで林間学校がなしになったら最悪、ってことか」

「そ。だから自分たちの胸に留《とど》めといて、できる対策をしとこうって」

「意外だな。学校行事で団体行動とか泊まり込みとか、そういうの女子は面倒くさがりそうなのに」

「だって中止になったら通常授業に切り替えなんだよ？　絶対やだ」

ああ、納得。

「で？　結局林間学校は予定通りに？」

「うん。晴天でも雨天でも決行。でも一応曲がりなりにも脅迫状が届いてるわけじゃない？　楽しみたいけどちょっと不安っていうか、怖いよねってことで」

「そりゃそうだろうな」

共感ついでに麦茶を飲む。よく冷えていて旨《うま》い。

飲みながらチラッとフェリセットの方を見て吹き出しそうになった。

フェリセットはちょうど雨瀧の対面の椅子に座っている。膝を抱えるような姿勢で。

雨瀧の動作を見て即座に真似《まね》をしたのだ。学んで、新たな少女らしさを取り入れたんだ。

俺の席からだと角度的にフェリセットのスカートの中が見えてしまっていて、とても気まずい。

だからこっちをチラチラ見るな。

こうかな？　こんな感じかな？　じゃないよ。

「脅迫状にはどのようなことが書かれていたのですか？　差し支えなければお聞かせ願いたいのですが」

人知れず探偵が心をかき乱されている間に、リリテアは助手として建設的に話を進めている。

「うん。待って待って」

雨瀧《うたき》はスマホを操作する。事情を知る一部の生徒の間で脅迫状の写真が共有されているそうだ。

内容は次のようなものだった。


『林間学校ヲ中止シロ。サモナクバうずめ二引キズリコマレルゾ』


「確かに中止しろってはっきり書いてあるな。差出人の情報はなしか」

装飾のない便箋に、手書きじゃなくパソコンで文字を打ってプリントアウトしてある。したがって筆跡から得られる情報もない。

「林間学校では中等部の生徒の中から実行委員が選ばれるんだけど、そのうちの一人の家に便箋が投げ込まれてたんだって」

受け取ったのは卌多尚《さったなお》。責任感が強く、実行委員としてかなり張り切っていたのだそう。

「にしてもさ、うちのホテルの時もそうだったけど、まーた脅迫状だよ？　あたし、脅迫状と縁のある女なのかな？　脅迫に愛されし女、とか言って」

確かに、この年齢で二度も脅迫状と関わるなんてなかなか数奇な人生だ。

「このうずめって……なんですかね？　すずめの書き間違い？」

ゆりうがテーブルの上に身を乗り出してスマホの写真を指差す。

「鳥のすずめ？　でもそれだとあんまり怖く感じないな」

「あひゃひゃ。ですよねー」

率直な感想を伝えるとゆりうはいつもの特徴的な笑い声を上げ、貝殻に引っ込むカタツムリみたいに身を引いた。

「それならあたしたちも気になってすぐネットで調べてみたんだけど」

雨瀧《うたき》は写真の表示を消し、スマホを振って見せた。

「最初に出てきたのは……んーと……なんだっけ？　なんか、神様？」

「うん？」

要領を得ない。確か雨瀧はそれほど成績の悪い方ではなかったと思うけれど、興味のないことはすぐに忘れるタイプらしい。

「それは天鈿女命《あめのうずめのみこと》……のことではないでしょうか？」

「そう！　それ！」

「リリテア、知ってるのか？」

「はい。アメノウズメ。天岩戸《あまのいわと》に隠れた天照大御神《あまてらすおおみかみ》を外へ誘い出すために滑稽な舞を舞ったと言われる、芸能の女神だったかと思います」

「あ、その話は聞いたことあるな。日本神話か」

「そのエピ、あたしも授業で習ったことある」

すっかり忘れてたくせに雨瀧も乗ってくる。

「でもそれとは関係なさそうだな。天鈿女命は引《ひ》き摺《ず》り込むんじゃなくて引っ張り出す役だし」

「あたしもそう思った。ダンスする神様みたいだし。あたしも学校でダンスやっててさー、ダンスやる人に悪い人いないんだよね」

「ダンスへの信頼が厚いな」

「結局神様の方は違うかーって話になったんだけど、でもその後学校の図書室で改めて調べてみたら出てきたんだよ。うずめ！」

「わざわざ図書室でアナログに調べたのか」

「いや、初等部の子らが調べて教えてくれたんだけどね」

「初等部って小学校？　え？　雨瀧ちゃんの通ってる中学って小中一貫だっけ？」

「だよ。校舎もすぐ近く」

と、雨瀧《うたき》は話の内容となんの関連もなく顔の横でピースした。

「そうだったのか。でもだからって小学生の後輩に調べ物させるなよ」

「初等部の子も当事者なの。毎年林間学校は小・中の二校合同でやってるんだから」

「なんだ、そういうことか」

毎年初等部の五年生と中等部の二年生が合同で参加しているという。

「初等部の子、随分前から楽しみにしてたからね。ここで中止はないでしょ」

雨瀧は両手でテーブルに頬杖《ほおづえ》をついて天井を見上げる。

中止になって通常授業になるのが嫌だなんて言いつつ、本当は可愛《かわい》い後輩たちの思い出作りのために一肌脱いだというわけだ。

話を戻そう。

「それで図書室で調べて何が分かったって?」

「うずめの正体。妖怪だった」

「妖怪?」

神様の次は妖怪か。なんだか話がオカルトめいてきた。

「うずめは渦巳山《うずみやま》に住む妖怪なんだって。すんごいマイナーなご当地妖怪。地域のふるーい本に書いてあったって」

「ご当地って、ゆるキャラみたいに言うなよ。で、もしかしてその渦巳山っていうのが」

「林間学校の開催地。渦巳山キャンプ場っていうのがあるんだって」

「渦巳山のうずめ――か」

場所が一致するならこれの可能性が高そうだ。

「林間学校は毎年やってるんだけど、今までは別のキャンプ場だったの。でも今年はいつものところが先月の土砂崩れの影響で使えないってことになって――」

急遽《きゆうきよ》代わりの場所を探し、渦巳山キャンプ場に決まったという。

「でもそこには妖怪の伝承があった、と」

「うん。夜に土の中から這《は》い出《で》てきて子供を埋めちゃうヤバめな妖怪らしいよ」

特徴だけ聞くと確かに結構怖い。ちっともゆるくない。

「だからうずめに引きずりこまれるぞ――ってわけか。確かにそんな目にあいたくはないよな。しっかり対策しとかないと」

と、話の流れのままに至極真っ当なことを言ったつもりだったけれど、雨瀧は頬杖をついたまま「は？」と呆《あき》れた表情を浮かべた。

「なに言ってんの。妖怪なんているわけないじゃん」

「……まあそうかもしれないけど」

最近の女子中学生は実に現実的だ。

「さっくんもしかしてあたしが妖怪退治して欲しくて頼ってきたと思ったの？　どんだけ子供だと思ってるわけ？」

「違うのか？　俺は探偵であって霊媒師や陰陽師《おんみょうじ》じゃないから他を当たってくれって答える準備万端だったんだけど」

「あ、その顔腹立つ」

雨瀧《うたき》はジト目で麦茶を飲み干す。

「妖怪なんてあたしらを怖がらせるための演出でしょ？　犯人が妖怪伝説に準《なぞら》えて脅してるだけ。そのくらい分かってる。だから――」

「脅迫状の送り主を特定して、林間学校中に物騒なことをやらせないようにすればいいわけか」

「そういうこと」

小さく頷《うなず》き、雨瀧は飲み干したグラスの飲み口を親指でキュッと拭く。

「ただのイタズラならそれでオッケー。もしヘンなこと企《たくら》んでるようなら断固阻止ってことで」

さて、どうしたものか。

引き受けるべきか否か。

考えながら席を立ち、窓際に立つ。

家に転がりこんできたフェリセットのことが落ち着いたら、俺には急ぎやりたいことがあった。

――母さんによろしく。

親父《おやじ》の伝言。そこにどんな意味があるのかはまだ分からない。でも、だからこそ俺は母さんに会わなければならない。

そんなに意気込まなくても家族なんだからいつでもすぐ会えるだろうと思われるかもしれない。でも我が家の場合はちっともそんなことはない。

なにしろ俺は今現在、母さんがこの世界のどこにいるのか知らない。

家を出て行ったのは俺が中学に上がる前のことで、それ以来親父とは別居状態が続いている。

家を出て行って以来、母さんと顔を合わせることはほぼなくなった。ただ年に一度だけ、なんの予兆もなくふらっと俺の前に現れることがあった。

この家に来ることはなく、いつも決まって外だった。

夕方に公園で遊んでいる時、学校帰りのゲームセンターの両替機の前、授業参観の日――言うまでもなく参観日に親父が来たことは一度もない――。

そんな母さんを俺はまるで浮遊霊みたいな人だなと思っていた。

「臓物《レバー》、平気になった？」

再会する度に母さんは俺にそう尋ねてきた。

変な質問だ。

俺がもっと小さかった頃、食卓や給食に並ぶレバーが大の苦手だったことを覚えていて、母親らしい質問としてそんな話題を持ち出していたんだろう。

今はとっくに克服している。

母さんは自分のことをろくに語らない人だった。ただ、生業《なりわい》上世界中を転々としているらしいことは分かった。

今はどこの空の下にいるのやら。

そう。母親なのに、俺はろくにあの人のことを知らない。

知らないまま、年に一度だけ顔を合わせていた。

けれどそんな習慣も三年ほど前から途絶えていた。

母さんは俺にも親父《おやじ》にも新天地の住所を教えなかったから、向こうが会いに来なくなると自然と関係も途切れてしまった。

俺は俺で、探しに行こうともしなかった。

あの人にはあの人の人生がある。そう思ったからだ。

薄情に聞こえるかもしれないけれど、いや、実際薄情なんだろう。なぜって、あの人との思い出の数はそう多くないからだ。ポケットに収まりきらないほどの素敵な思い出で溢《あふ》れていると言えば、それは大きな嘘《うそ》になる。

でも、もはや薄情だ厚情だと言っていられなくなった。今はもうそんな状況じゃない。俺は行方知れずの母親の居所を突き止めなきゃならない。

人探しなら探偵の出番だけれど、生憎《あいにく》俺自身が探偵なのだから自分で探すしかない。私事ではあるけれど、ちょっと骨の折れる、そして億劫《おっくう》な仕事だ。

だから今日の映画鑑賞会はそんな骨の折れる仕事の前の、最後の穏やかな休日――になるはずだったんだけど。

そこへ舞い込んできた友達からのたっての依頼。

どうするかな。

「朔也《さくや》様」

気がつくと隣にリリテアが立っていた。

「悩んでおられるのですね」

「やっぱり分かる？」

「丸分かりです」と言って両手で胸の前に小さく輪っかを作るリリテア。

「確かに断也《たつや》様の伝言を手がかりにお母様を訪ねることも大切ですが、それに振り回されて近しい方を蔑《ないがし》ろにしてはならないと思います」

「耳が痛い」

「目の前に困り果てている人がいる。そこに謎がある。それを見て見ぬ振りすることが果たして一人前の探偵としての正しい在り方でしょうか？　私はそうは思いません」

ポーズはちょっとコミカルだけれど、リリテアはとてもいいことを言っている。

俺は小さく息を吐いて肩の力を抜いた。

「親父《おやじ》の伝言は気になるけど、それは何も一刻を争う事態ってわけじゃない……か」

俺はリリテアに頷《うなず》いて見せてからテーブルに戻った。

席に着くなり雨瀧《うたき》に率直に告げる。

「報酬は？」

「え？　二人して窓際で内緒話してたと思ったらお金の話？　友達の女子中学生からお金取るの？　え？　あたし、全てが無条件に許される存在、女子中学生なんですけど？」

「関係ない！　仕事に責任を持つためにも報酬は貰《もら》う！」

ドンとテーブルを叩《たた》いて見せる。決まった。

「朔也《さくや》様、ご立派です」

リリテアが小さく拍手する。

「ですが男性としての格は一段落ちたかと」

悲しいね。

「ま、さっくんの反応は予想してたんだけどね。実は今みんなでちょっとずつカンパしあってるとこ。中には初等部の子もなけなしのお小遣いを託してくれたりもしてて……」

それは俺の良心を痛めつける新情報だ。

「ま、まあ友達のよしみで割引はするよ。ツケも利くし」

「ツケ？」

「雨瀧ちゃんがこの先その若い体を労働に捧《ささ》げて得た賃金の中から少しずつ俺に支払ってくれればいい」

「朔也様、ただ今もう一段落ちました」

「えっ⁉」

ああ――。

せっかくのくだらなくて楽しい会話の途中だっていうのに、今しがた母さんのことを振り返ったことで、どうでもいいことを一つ思い出してしまった。

そう言えば母さんと会う時は俺、いつもどこかしら怪我《けが》してたっけ。

小さな怪我も、死ぬような怪我も色々だ。

何かというとよくない事故が起きていつも負傷していた。

俺は昔から死んだり生き返ったりを繰り返していて、普通の母親なら卒倒しそうな姿を見せていた親不孝な息子だった。

□

「それじゃ契約成立ね」

　無事に話がまとまってスッキリしたのか、雨瀧《うたき》は椅子の背もたれに体を預けて大きく伸びをした。

「ああ、林間学校当日までになんとか脅迫状の送り主を見つけてみせるよ」

とりあえずは脅迫状を受け取った生徒、それから学校周辺での聞き込みから始めて――。

と、段取りを考えていると雨瀧が声を上げた。

「え？　違うじゃん。むしろ当日はよろしくねだし」

「え？　ん？　林間学校を安心して開催できるように、開催日までに犯人を捕まえるって話じゃないのか？」

「いやいや、林間学校、明日だし」

「……それを先に言えよ！」

　思わず力が抜けて椅子からずり落ちた。

　そういえば日程を聞いてなかった。

「明日って……なんでもっと早く依頼してこなかったんだ」

今はもう夕方近い。流石《さすが》に今日中に解決というのは難しい。

「こっちも色々あったのー。元々頼もうと思ってた人がどうしても連絡つかなかったらしくて、ギリギリになってあたしに話が回ってきたの。それでふとさっくんのこと思い出して」

「それなら俺にやって欲しいことって……」

「林間学校の間にあたしたちの周りで変なことが起きないように見張ってて欲しいの。で、不審者を見つけたらその場で……かくほー」

と言って自由奔放な女子中学生はリリテアにギュッと抱きつく。

「つまり林間学校に同行させる気か？　小学生と中学生がわらわらいるところに？　部外者の俺を？　それは学校側が認めないだろう。俺が一番の不審者になっちゃうよ」

それに学校側に脅迫状のことを伏せている以上、事情を説明して理解を得るわけにもいかない。

「あ、言われてみればそっか」

「そこを考えてなかったのか」

「えー、だったらどうしよう？　どうしたらいいかな？」

雨瀧はリリテアに抱きついたままその体を前後に揺らす。神社の賽銭箱《さいせんばこ》の上に吊《つ》るされている鈴を鳴らす時みたいな動きだ。

そのまま妙案が浮かばずにしばしの時が過ぎたが、一つの提案で場を動かしたのは思わぬ人物だった。

「私、潜入しよっか？」

皆がそっちを見る。

ベランダからの日差しに透き通る長い髪。椅子の上でキュッと揃《そろ》えられた膝小僧。猫のように愛らしく油断のならない瞳。

「お前……本気か？」

「私の年恰好《としかっこう》ならうまくやれば初等部の生徒として潜り込める。のでは？」

美・少・女型フェリセットは両手をあざとく広げ、雨瀧《うたき》の顔を見た。

突然の提案に雨瀧はしばし目を丸くして固まっていたが、やがてフェリセットを指差して叫んだ。

「それだ！　ところで誰だっけ！」

「私、朔也《さくや》お兄ちゃんの力になりたい」

そう言えば雨瀧には厄介な我が妹のことをまだ紹介していなかった。

□

埼玉県北西部に佇《たたず》む渦巳山《うずみやま》は、かつて山内上杉《やまのうちうえすぎ》氏の家臣である某《なにがし》かの武将が城を築城し、治めていた土地らしい。戦国時代の話だ。

標高三三一メートル。現在では頂上付近に城跡がわずかに残るだけで、これといった名所にもなっていないという。

「そこの小径《こみち》を二百メートルくらい進んだところに看板立ってるからね。その辺りだったらどこでも自由にテント張っていいよ。洗い場の場所もすぐ分かると思うから。薪《まき》は一束ワンコイン五百円。ゴミは各自必ず持ち帰るようにね」

翌日の午前九時過ぎ、俺は渦巳山キャンプ場の受付で一人のご老人から説明を受けていた。

このキャンプ場のオーナーだろうか。かなりの高齢だ。

受付のある管理棟は見るからに年季が入っていた。というか、率直に言ってボロかった。こう言ってはなんだけれどあまり繁盛しているようには見えない。

「あんた、学生?」

ふとオーナーが声をかけてきた。彼はやけに険しい眼差《まなざ》しをこちらに向けてくる。

「ええ、まあ」

「もの好きだね。わざわざこんな寂れたキャンプ場に」

「夕べ殺した親父《おやじ》の死体を埋めるのにちょうどよさそうだったんで」

「……なんだと？」

「冗談です。ハハ」

よし、これでいくらか空気が和んだはず。

「本当に泊まる気かい？」

「ぜひ」

こちらの返答にオーナーは胡散臭《うさんくさ》そうな顔をしていたけれど、それでも律儀に手元で地図を広げて見せてくれた。

「……山のもう少し上の方にロッジが建ち並んでる。そこは今日明日、林間学校で貸切だ」

渦巳山《うずみやま》の南西側に駐車場があり、その奥にこの管理棟がある。目玉のキャンプ場はその脇の林道をしばらく進んだ先にあるとのことだった。

「いたいけな子供ら相手に妙なトラブルなんぞ起こさんように」

釘《くぎ》を刺すオーナーに心の中で同意する。

本当に、何のトラブルも起きないことを願うばかりだ。

説明を聞き終えて外へ出るとそこでリリテアとフェリセットが俺を待っていた。

「よいしょ……っと。行くか」

キャンプ道具を背負い、言われた小径《こみち》を進む。けれど他の利用客とすれ違う様子もない。

「一体何を企《たくら》んでるんだ？　そろそろ教えろ」

近くに人がいないことを確認してフェリセットに話しかける。

フェリセットは自分では何一つ荷物を持たず、俺の少し前を歩いている。

「企む？　なんのことだ？」

「しらばっくれるな。なんだ昨日のあの演技は。小学生の女の子みたいな喋《しゃべ》り方《かた》して」

「私なりに現代の子供の口語パターンを解析して取り入れてみたんだが、変だったかな？」

「話を逸《そ》らすな」

「君の方から振ったんだけどな。私は何も企んでなどいないよ追月朔也《おうつきさくや》。今後私は君のところにしばらく厄介になるわけだし、最初のうちに手柄の一つでも立てて自分の有用性をアピールしておこうと思ったのさ」

「それは健気《けなげ》なことで」

だったらまずこの重いキャンプ道具を運ぶのを手伝って欲しい。

「しばらく、だよ。言うまでもなく私は追われる身だからな。理解のある人間の下に匿《かくま》ってもらうのが一番いい。それに何より私は、君」

細い指で俺を差す。

「君がこれから何を成すのか見てみたい。だから近くにいる」

「俺は特に大それたことを成す予定はないよ」

「どうかな。それを決めるのは君自身ではないかも」

　フェリセットは意味ありげなことを言ってスカートを揺らす。

「ちなみにさっきから露骨にその荷物を肩代わりして欲しそうにしているが、残念。この体《ボディ》には以前のような兵器や馬力は備わっていないから手伝えないよ。猫の手も借りたいところだったのだろうけれど、あしからず」

「前みたいな力が備わってない？　それじゃ俺をバラすって脅したのはハッタリか」

「あれはブラフじゃない。馬力はなくとも方法はいくらでもある」

　怖いことを言ってくれる。

「それに、私の体内では常にナノマシンが機能拡張を進めている」

「こうしてる間にもアップデートしてるってことか？」

「このセクサロイドの体《ボディ》に備わっている標準装備では大したことはできないからな。お兄ちゃんを悦《よろこ》ばせる新機能を続々と追加予定だよ。アハ」

「人聞きの悪いことを楽しそうに言うな」

　もし俺に本当に妹がいたらこれくらいムカつく存在だったのだろうか。

「リリテアからもなんとか言ってやってよ。事務所の先輩としてガツンとさあ」

　泣きつくような気持ちで後ろからついてくるリリテアを振り返る。

「朔也《さくや》様朔也様。キャンプ場の近くに川が流れててそこで釣りもできるそうです。釣ったお魚を料理して食べるも自由、リリースするも自由だって」

しかし事務所の先輩は受付前で『ご自由に』と配布されていたキャンプ場の地図に夢中だった。

「後でい……行ってもいい？」

リリテアは地図で口元を隠しながら俺を上目遣いに見つめてくる。

「……もしかしてリリテア、キャンプって初めて？」

「はい。ドキドキします」

「うんうん。分かったよリリテア。よーし、雨瀧《うたき》の依頼は全部フェリセットに任せて俺たちは精一杯キャンプを楽しもーう！」

「おいお兄ちゃん」

フェリセットが新機能ツッコミを覚えた。

□

よさそうなスペースを見つけ、多少苦戦しながらテントを張り終えた頃、山の上へと延びている坂道から雨瀧が降りてきた。

学校指定の体操着姿だ。

「おはみー。こそっと班から抜け出してきたよ」

生徒たちは先に上に到着していたらしい。

「さすが悪ガキだな。だがその挨拶は流行《はや》らないと断言しておこう」

「ひど。でもちゃんとスタンばってるねさっくん。偉すぎ。ってことで、はいフェリちゃん。これ持ってきたよ」

いつもの軽口もそこそこに雨瀧《うたき》は胸に抱えていた物をフェリセットに差し出した。フェリセットがおずおずとそれを受け取る。

「私に？」

広げるとそれは雨瀧が着ているのと同じ体操着だった。

「あたしが初等部の時に着てたやつ」

「用意してくれたの？」

「そりゃ当然。あたしの頼み事にフェリちゃんを巻き込んじゃったんだし」

すでに当たり前にちゃんづけで呼んでいるところに雨瀧の対人の強さを感じる。

「着てみて」

「着てみる」

フェリセットは雨瀧の言葉に大人しく従って……その場で着替えを始めた。

「いや待て待て！　テントの中で着替えてこい！」

「その手があったか」

その手しかないわ。

やがてテントから出てきた体操着姿のフェリセットは、どこからどう見ても小学生にしか見えなかった。

「ピッタリじゃん！　それ着て当たり前って顔して交ざってたらバレないっしょ。クラス多いし、あたしもばっちりフォローする」

「雨瀧さん、バックアップお願い」

「うっちゃんでいいよー。うたっきーでもいいよー」

フェリセットがそれらの愛称で雨瀧を呼ぶことはないだろうなーなんて考えていると、フェリセットが俺に近づいてきて耳打ちしてきた。

「学校内部の人間による犯行の可能性もある。まずはたくさんの生徒に話を聞いて色々探りを入れてみる。他愛《たあい》ない子供のいたずらならそれでよし。だろう？」

「そうだな」

「君は外部から怪しい人物がロッジ周辺に近づいたりしないか見張っていてくれ」

「……分かった」

意外に真面目だ。こいつ、もしかして有能なのか？

いやそもそも最新鋭のＡＩを搭載したロボットなんだからポンコツなわけはないか。

「それじゃさっくん、そっちもしっかり働いてね！」

油断していたら雨瀧《うたき》が俺の背中をバンと叩《たた》いてきた。

「もしうずめが化けて出てきたらしっかり退治しちゃってよ。探偵の必殺技とかでさー」

「妖怪なんて信じていないって言った癖に。大体犯人を捕まえる探偵が必ず殺す技なんて持ってたらダメだろ」

「細かいなー」

「分かった！　分かったからバンバン叩くなよ！」

「怒った！　おもしろ！　じゃフェリちゃん、行こっか」

一瞬で俺から興味をなくしよった。

「お二人とも、ご武運を」

リリテアからの少々硬い言葉を背に、雨瀧とフェリセットは並んで坂道を登っていった。

二章　料理冷めちゃう

リリテアが興味を示した川は思ったよりも水量が豊富で透き通っていた。

「いい天気だな。ゆりうちゃんも来られればよかったんだけ、どっ」

言葉の最後に力を入れて釣り竿《ざお》を振る。

「新作映画の撮影があるのだとおっしゃっていましたね」

昨日の今日で売れっ子女優のスケジュールを押さえられるはずもなかった。

「でかい川魚が釣れたら動画のひとつも送ってあげよう」

「はい」

リリテアは俺の後ろに立って釣果を見守っている。

「見てないで自分でもやればいいのに。興味あったんだろ?」

「いえ。見ているだけでも充分に楽しいです」

「そう?」

「お夕飯の食材を心待ちにしております」

奥ゆかしいのはリリテアらしい美点だけれど、食料調達班として急にプレッシャーをかけられてしまった。

餌に魚が食いつくのをじっと待ちながら、俺は合間に左前方を見上げる。そこには全長二十メートル弱の橋が架かっている。

地図によれば林間学校が行われているロッジの区画まで上がっていくにはあそこを渡る必要がある。このポイントは見張りに最適だ。

「何か事件が起きると思いますか？」

「フェリセットの言った通り、単なる悪戯《いたずら》の可能性が高いかも」

「なぜでしょう？」

「あの脅迫状の文面、本当に生徒を脅して林間学校を中止させたいんだったら、何もマイナーな妖怪なんて持ち出さずにもっと直接的な脅し文句を駆使すればいい」

それにはリリテアも納得したように頷《うなず》いた。

「確証はないけどね」

「仮に悪戯ではないとしたら、差出人の目的は何でしょう？」

「林間学校を中止させたい理由、か」

少し考えてみる。

「差出人は生徒の中の誰かで、どうしても林間学校に行きたくない事情があるとか？　ほら、山の虫が体育の持久走よりも期末テストよりも嫌い……とか」

「林間学校そのものを中止に追い込まずとも、仮病などを使って休めばよいのでは？」

「おっしゃる通りだよ」

「真面目にやって」

「ごめんなさい」

でも、その真意がなんであれ、林間学校は予定通りに開催されてしまった。

つまり中止にしようとしていた犯人の目的は遂げられなかったわけだ。

「その時点で計画は破綻。犯人はすでに目的を諦めている……と考えてもいいんだけど」

「計画を切り替えて、林間学校中に何か事件を起こそうと狙っている可能性もまだ残っていますね」

「そういうこと」

いつものようにリリテアと二人、目の前の謎についてほとんど意識もせず考察のキャッチボールを続ける。

職業病というか、お互いの癖みたいなものだ。

さっと日が翳《かげ》る。見上げると拳のような形の小さな雲が太陽を遮っていた。

リリテアがわずかに自分の二の腕を抱く。

俺はふざけてしまったお詫《わ》びに自分のジャケットを脱いで彼女に手渡した。

「都会にいたら分からないけどさ、山の川の近くって結構冷えるんだな」

世間話みたいに言葉を投げる。

「そうですね……ありがと」

リリテアがもぞもぞと俺のジャケットを肩に羽織る。

遠くで野鳥が鳴く。

ああ、なんかすごく——穏やかだ。

親父《おやじ》が姿を消して以来、怒涛《どとう》の日々だった。

事件に次ぐ事件、死に次ぐ死《デス・アフター・デス》——。

もちろん悪いことばかりじゃない。

ゆりうと出会い、ベルカとフィドに出会い、泣《きゅう》ちゃんと友達になり、そこにフェリセットも加わった。

最後のは悪いことかもしれないけれど、追月《おうつき》事務所からごっそりと人が去り、俺とリリテアの二人だけになったあの日には考えられなかったことだ。

そして今はこうして釣り糸を垂らしてじっと待っている。

本当に、穏やかだ。

でも——。

昨日、一度は吹っ切ったはずの考えがまた膨れ上がってくる。

こんなことをやっていていいんだろうか？

親父が生きていた。

あいつは世界のどこかで何か大それたことをやろうとしている。

——遠からず世界は神秘《オカルト》と論理《ロジック》が入り混じり——。

どういう意味だよ、親父《おやじ》。

油断するとすぐに気持ちが遠くへ行ってしまう。

「朔也《さくや》様、引いていますよ」

「え？」

リリテアに言われて気づく。見るといつの間にか俺の竿《さお》がしなっていた。

ヒットだ。

慌てて竿を引く。

すぐに手応えがなくなる。

糸の先の餌だけがなくなっていた。逃した魚は大きい。

警戒心の強い川魚は素人には簡単には釣れないらしい。

「逃げられたよ」と低い声で言うとリリテアがクスッと笑った。

□

「お裾分けー」

午後になると、雨瀧《うたき》とフェリセットが俺たちのところに顔を出した。

二人は揃《そろ》って同じ柄のエプロンをつけ、それぞれにカレーの盛り付けられた皿を持っている。

「遅かったな。待ちかねたよ」

「は？　文句？　頭に女子の二文字のつく小学生と中学生が作った、プレミアもののカレーライスなんだからいくらでも待てるでしょうが」

昼食のお裾分け。みんなで協力して作ったカレーを、こっそり抜け出して持ってきてくれたというわけだ。

元々完成したら持ってくると雨瀧が言っていたので、俺とリリテアは昼食を用意せずいい子で待っていたのだが、待ちすぎてすっかり腹ペコだ。

手作りアウトドアカレーはここまで運んできてもなお、まだわずかに美味《おい》しそうな湯気が躍っている。

「旨《うま》そうだ」

「ありがたくいただきます」

俺たちは感謝しながら施しを受けた。子供らしく甘口だったけれど、ロケーションもあってそれが却《かえ》って美味に感じた。

「そう言えば魚を釣っておくって言ってなかったっけ？」

「カレーと魚はあんまり合わないからやめにしたんだ」

嘘《うそ》をついてしまった。本当は一匹も釣れなかっただけだ。

「よしよし、サバイバルを舐《な》めてたんだねー」

嘘は一瞬でバレた。

「ほら、フェリちゃんも何か兄に優しい言葉かけたげなよ」

雨瀧《うたき》に促されてフェリセットも前に出てくる。

「……そうやって年下から恵まれたカレーを頬張《ほおば》るお兄ちゃんの顔。プリントしてTシャツにしたい」

「ええ……」

「その嫌そうな顔も好き。もっとしてして」

これも女子小学生風の演技……だよな？

そうだと言ってくれ。

「ゲホ……えっと、その落ち着いた様子だとお前、うまく初等部に潜り込めたらしいな」

「もちろん」

フェリセットは得意げにエプロンの肩掛けを引っ張る。

「初等部の友達だってできた」

「本当に？」

これはちょっと意外だ。

「とか言ってフェリちゃん、最初はしっかり人見知りしてたんだよ」

雨瀧による暴露に対し、フェリセットは「そんなバカなことはない」と静かに抗議した。

「今は先生にスマホ没収されて持ってないんだけど、後で動画見せたげるね」

「雨瀧、その動画、削除申請する」

「キャハハ。何その口調。やば」

キャッキャと突《つ》き合う二人。

「とにかくアクシデントが起きてないみたいでよかったよ」

「交流のために班編成はクラスも初等部中等部もごちゃ混ぜで組まれてるから、ちょっとくらい知らない顔が交ざってても誰も変に思わないみたい」

ねー、とフェリセットを見る雨瀧。

「逆にあたしらで防犯上の穴を見つけちゃった気分」

「うん？　待てよ。それってつまり、フェリの他にも生徒になりすまして林間学校に潜り込んでる奴《やつ》がいるかもしれないってことじゃないか？」

「あー、確かに」

目的のためにそこまでするか？　というところだが、現にフェリセットはそこまでやっている。

「実は参加している生徒全員他人だったなんて——バカミスな展開は勘弁願いたいところだけど」

「いやいや、あたしのクラスメイトも友達もみんないるし」

「分かってるよ。言ってみただけ。カレーありがとう。旨《うま》かったよ。そっちの様子は？」

「なにも起きてないよ。平和そのもの」

フェリセットはエプロンについたカレーの黄色いシミを気にしながら報告する。

「この後三時からレクリエーションなんだー」

そんなフェリセットに身を寄せるようにして雨瀧《うたき》が言った。

「レクリエーションって、どんな？」

「この山のあちこちにスタンプが置いてあって、それを押して回るんだって」

雨瀧は説明しながら自分の手をスタンプ代わりにして俺の手のひらをポンポン叩《たた》く。

「スタンプを集めながらこのあたりの土地の歴史とか自然を学ぼう！　みたいな？」

「スタンプラリーか」

「で、明日の朝、帰る前にみんなで山にタイムカプセルを埋めるの。何埋めよっかなー。前に撮ったさっくんとのツーショット写真でもいい？」

「お前を埋めてやろうか」

「コールドスリープじゃん！」

「全然違うぞ」

やがて幼い二人は空の皿を持ってまた来た道を戻っていった。

その背中を見送っていると、雨瀧がフェリセットに可愛《かわい》らしいヒップアタックを食らわせるのが見えた。仲良いな。

□

午後三時になるのを待って、俺とリリテアはテントを張った場所を後にした。

生徒たちのレクリエーションに合わせて行動するためだ。

生徒たちが班毎《ごと》にバラバラに行動するという。これはいかにも何か事件が起きそうなシチュエーションだ。

というわけで俺たちも山を巡り歩き、目を光らせておくことにした。

例の橋を渡り、緩やかに山を登っていく。

「思ったより勾配が激しいな。運動不足解消にはちょうどいいけど」

「日頃から鍛えておかないといざというときに犯人を取り逃してしまいますよ」

「ま、まあ俺は足で駆け回って事件を解決するタイプの探偵じゃないし。どっちかっていうと体よりも命を張るタイプで」

「易々《やすやす》と命を張らないでください」

「それにしてもさっきのカレー、美味《おい》しかったな」

旗色が悪くなってきたので話題を食に変える。

カレーの美味しさについてはリリテアも異論はないみたいだった。

「でもそうなるとこの後の夕飯のハードルが上がるな。持ってきた肉と野菜を適当に網で焼いて食べればいいやと思ってたから」

まあそれはそれで充分旨《うま》いに違いないけれど。

「誰かに作ってもらった料理というのはまた格別ですものね」

「そうだな」

と、道の前方から子供たちのはしゃぐ声が聞こえてきた。

向こうからやってくるのは学年毎《ごと》に違う色とりどりの体操着。林間学校の生徒たちだ。

班長と思《おぼ》しき年長者は胸からカードをぶら下げている。あそこにスタンプを押していくんだろう。

班の中の何人かの子供がダダダダダッと互いに機関銃を撃つマネをしている。

「はいもう死んだー」

「死んでませーん。バリア張ってましたー」

「そのバリアはもう古い」

「ところが外国の最新のやつでーす」

なんだか懐かしくなるような会話を聞きながらそのグループとすれ違い、山肌を右手にしながらさらに上を目指す。

その先に古びたトンネルが現れた。入り口は柵で厳重に塞がれている。

「道路もないのにトンネル？」

リリテアが近くにあった立て看板を指す。

「ここにはかつて軍事工場があったようです」

渦巳工廠《うずみこうしょう》――秘密裏に設置された陸軍の工廠。一九四五年、米軍により接収。

看板には要約するとそんなことが書かれていた。

「へえ、山の崖をくり抜いて洞窟の奥に工場を作ってたのか」

トンネルのように見えたのはその入り口だったようだ。

よく見るとリリテアが指した看板の隣にスタンプラリー用の簡素な机が設置されていた。

「そっか、それでさっきの子供」

この工場跡を見て兵隊ごっこが始まったんだな。

中は当時の空襲によって崩落しているらしく、一切の立ち入りが禁止されていた。

さらに道を進んで山を登っていく、とその他の林間学校のグループがいくつも目につくようになった。

せっかくだから頂上目指そうぜ！　と山を前にしてそれぞれが意気込んだ結果、同じような順路になってニアミスしたんだろう。

「どの班も考えることは同じじってことだな」

微笑《ほほえ》ましい気持ちに浸っていると、上の方で子供たちの悲鳴がした。と言ってもそれは事件性のあるものじゃなく、楽しさに彩られた悲鳴だ。

階段を登り、平坦《へいたん》な場所に出る。

その先に一グループがたむろして何かを見ている。男子と女子が半々だ。

さっきの悲鳴の主はこのグループだろう。

「やあやあ何をそんなに騒いでいるのかな。ちょっとこのお兄さんにも見せてよ」なんて声を掛けながら未成年たちに近づくわけにもいかない。ここは遠目に観察していよう。

すると「奇遇ですね」とリリテアが俺に言った。

言われて気づく。そのグループの中に雨瀧《うたき》とフェリセットの姿があった。

「あの二人の班だったのか」

だったら尚更《なおさら》迂闊《うかつ》に接触するわけにはいかない。知り合いだと周囲にバレると色々面倒だ。

と、せっかくこっちが気を遣っているのに、俺たちの存在に気づいたフェリセットがグループに気づかれないように腰の辺りで小さく手を振ってくる。

俺がヒヤヒヤしているのを分かって楽しんでいるみたいに。

その仕草はいかにもませた女子がからかい半分に見せる行動だ。同年代の子供らに囲まれ過ごす中でフェリセットは急速にその生態や挙動を学び取っているみたいだった。

潜入捜査という意味では間違いなく正しいロールプレイだけれど、俺はあれの正体を知っているだけに、見ているとなんだかむず痒《がゆ》くなってくる。

しばらくすると班の面々は誰からともなくその場を離れ始めた。

その際、俺たちの方を見ていたことでついていくのが遅れたフェリセットに、中等部と思《おぼ》しき男の子が声を掛けた。

「ね、ねえ、行こうよ。この裏に眺めのいいとこがあるんだって」

男子はフェリセットよりも二つか三つは年上だろうに、その様子は明らかに緊張していた。

「うん」

そんな男子にフェリセットは余裕の表情で屈託なく頷《うなず》く。

そうこうしているとまた別の男子がそのやりとりに気づいて走り寄ってきた。

「大丈夫？　疲れてない？　足挫《くじ》いたりしないように俺が手を引いてやるよ」

二人目の男子Bは最初の男子Aを押《お》し退《の》けるようにしてフェリセットに手を差し伸べる。

ちょっとした俺様系なのか、その口調はぶっきらぼうだ。

それを遠目で見ていてすぐに察した。

「もしかしてあの男子二人、フェリセットに……」

「恋をしているのかもしれませんね」

「……リリテアもやっぱりそう思う?」

けれどフェリセット自身は自分に向けられた複数人からの好意を分かっていて、あえて気づかないふりをし、弄《もてあそ》んでいるように見受けられる。

この半日で三角関係を築くとは、フェリセットも隅に置けない。

これもあの最新型セクサロイドの持つどこか不道徳な魅力のなせる業なんだろうか。あんまり深く考えたくない案件だ。

男子二人はフェリセットを争って睨《にら》み合《あ》い、一触即発の状態に発展していく。

その原因となっているフェリセットは、それを止める様子もなくボーッと木立の間を飛ぶ野鳥を目で追っている。

そんな状況を見かねたのか、先に歩き出していた班の中から一人の女の子が戻ってきてフェリセットの手を握った。

「追月《おうつき》さん、行こ」

雨瀧《うたき》ではない。おそらく小学五年生だろう。初めて見る顔だ。

ところであの子、今フェリセットのことを追月と呼んだような。

後で勝手に人の家の姓を名乗るなとフェリセットに言っておかないと。

そう心に決める俺をよそにフェリセットは女の子と連れ立って行ってしまった。

「もしかして今の子がフェリセットの言ってた友達かな？」

ボブカットの似合う、優しそうな子だ。

ところでばっちりフォローすると豪語した雨瀧はそんなフェリセットの状況にも気づかず、道のずいぶん先で班の女子たちとじゃれあっていた。

「そんなちっちゃいシルクハット！　そんなちっさいの！　くだらなー！　キャハハハー！」

全く意味不明な話題で大爆笑中だ。

自分が頼んだことをすっかり忘れて楽しんでいる。


子供たちが立ち去ったあと、彼らがいた場所へ近づいてみると、そこにもさっき見たようなスタンプの設置台が置かれていた。

その台のそばに立て看板があるのも同じだ。

看板には『挟土城跡《はさどじょう》』と記されている。

なるほど、言われてよく観察してみると近くに古い石垣の名残が見てとれた。苔《こけ》むし、蔦《つた》に覆われている。

それは一般に城跡と聞かされて期待するような規模のものではなく、看板がなければ気づきもしないようなものだった。

「兵《つわもの》どもが夢の跡……か。リリテア、そろそろ下に降りようか」

声を掛けたが返事がない。

振り向いてみると、リリテアは挟土城《はさどじょう》についての説明書きを熱心に読んでいるところだった。

「何か面白いことでも書いてあった？」

隣に立ってリリテアの視線を追ってみる。

その先にあった一文を読んで、俺は彼女の心中を察した。

『三日に亘《わた》る城攻めの中、絹姫《きぬひめ》は家臣女中らの命懸けの手引きにより抜け道から城の外へ脱出しました。

抜け道は渦巳山《うずみやま》の麓の隠し井戸に通じており、うまくいけばそこから敵の包囲を抜けて西方に落ち延びることも可能でしたが、内通者によって既に井戸は包囲されており、それは叶《かな》いませんでした。

そして絹姫は井戸の上から岩を投げ込まれ、そのままそこで生き埋めとなって帰らぬ人となりました。齢《よわい》十四の冬のことでした。

それ以後、地元の人々はこの山を埋女山《うずめやま》と呼び、日の出のたびに手を合わせ、鎮魂の念を送るようになったと伝えられています。

現在に渦巳山と名を変えたのは大正時代に入ってからのことだと言われています』

そこには家族を失い、城を追われ、非業の死を遂げた姫君の物語が綴《つづ》られていた。

俺はそっと隣のリリテアの顔を見た。

その瞳は雨の日の泉の水面《みなも》のように揺れ動いていた。

俺は知っている。

リリテアは単に目の前に書かれている、遠い昔に起きた、会ったこともないお姫様の悲劇に胸を痛めているわけじゃない。

昔話として切り捨てられない痛みを、彼女自身その胸に抱えていることを俺は知っている。

「気にしてるのか。屈斜路《くっしゃろ》刑務所でのこと」

声をかけてもリリテアは反応を示さない。正しい言葉がうまく見つからないみたいだった。

——あなた様は！　もしや……リリーズ姫では!?

「リリテア。ほら」

俺は彼女の手をそっと取る。

「朔也《さくや》……」

そしてその綺麗《きれい》な手のひらの上にプレゼントを載せる。

「元気なカナブンを、あげようね」

それを見たリリテアの目に見る見るうちに現実的な、いつもの光が戻っていく。

「隣に俺がいるのに、置いてけぼりにして物思いに耽《ふけ》らないで欲しいな。まだ依頼は進行中なんだから。頼むぞ、助手」

「朔也様」

「ほら、もう下に戻ろ……痛い痛い痛い……」

リリテアは受け取ったカナブンを俺の頬《ほお》に押し付けてくる。

「ギザギザ昆虫足痛いです」

両手を上げた俺を見て満足したのか、リリテアが小さく噴き出す。

「おバカな人」

我ながら、こんな子供みたいな気の逸《そ》らし方しかできない自分が情けなかったけれど、効果はあったみたいだ。でも、これじゃさっきフェリセットの気を引こうとしていた男子たちといい勝負だ。

だからといって、何もしないではいられなかった。

逸らさずにはいられなかった。

心の準備もなく不意に思い出すには、リリテアの背負った過去は重すぎる。

□

「あの姫君のことを指しているのかもしれません。あるいは」

テントを張った場所に戻ってきた後で、改めてリリテアがそんなことを言ったので俺は少し焦った。

俺は焚《た》き火《び》に薪《まき》をくべる手を止めた。

まだ彼女の心は過去に囚《とら》われているんだろうか。

でもそれは杞憂《きゆう》だった。

「妖怪の伝承のことです」

「妖怪……ああ、うずめか」

言われてみると色々と結びつくものがある。

説明書きを読むに、この山はかつて埋女山《うずめやま》と呼ばれていたらしい。

埋女とうずめ。読みが一致する。

妖怪うずめに埋女という漢字が当てはまるのなら、うずめは女の妖怪だということになる
子供を土の中に引きずり込む埋女山《うずめやま》の女妖怪。

そして埋女山で生き埋めになって非業の死を遂げた大昔のお姫様。

「絹姫《きぬひめ》の怨念が化けて出るようになった——。誰かがそんな噂《うわさ》を流すようになって、それがいつしかうずめという妖怪に変じていった。そんなところかな？」

「おそらくは」

「でもそうだとしても、うずめなんて妖怪が本当にこの山に棲《す》んでいて、それが林間学校の間に子供たちに危害を加えるなんてことは考えられないよ」

「いないと断言できますか？」

軽く流そうとした俺を捕まえて、リリテアが思ったよりも鋭い口調でそう言った。

「だって妖怪だぞ？　そんな超常的な存在までこの世にいるって仮定し始めたら全ての推理は成り立たなくなっちゃうよ。それこそ探偵業の終わりだ」

「ですが、朔也《さくや》様は確かにここにこうして存在していらっしゃいます。何度死んでも生き返る。死を超越した超常的な存在として」

「そ……」

それはそうかもしれないけれど。

「そして朔也様、世の道理は、在り方は、探偵の推理を成り立たせるために存在しているわけではございません」

それはなんだか、あの型破りな親父《おやじ》あたりが言いそうな言葉だった。

いや、実際リリテアも以前親父の口から聞いた言葉を口にしたのかもしれない。

「常識を超えた存在も、世界の理《ことわり》を覆す現象も、それがいくら探偵にとって都合が悪かろうが、在る時は在る——存在してしまう……のではないでしょうか。朔也様のように」

掟破《おきて》り、ルールブレイカー。

確かに——他ならない俺自身がそれだ。

在ってはならない。在るはずがないなんてどの口が言えるだろう。

世の理は、理を保つために埒外《らちがい》の事物を排斥したりはしない。理は理としてただそれを体現し続けるだけ。

埒外を認めず排斥するのは、したがるのは——いつだって人間たちだ。

ふいに目の前で焚き火《たび》がパチッと爆《は》ぜた。

それを合図にリリテアはテントの中に潜り込んでしまった。

少しして中から声がする。

「差し出がましいことを申しました。忘れてください」

「いや、何か大事なことを再確認させてもらったような気分だよ。ありがとう」

素直にそう伝え、またリリテアの反応を待つ。

けれどしばらく待ってもテントの中からは何の言葉も返ってこなかった。

「リリテア？」

少し気になって焚《た》き火《び》の前から立ち上がりかけた時、テントのファスナーが開いた。

中から出てきたリリテアはエプロン姿に変身していた。

「……その格好は？」

いつも愛用しているエプロンだ。

「昼食はご相伴に与《あずか》ってしまいましたが、夕食こそは私が」

その眼差《まなざ》しは決意に満ちていた。


決心したリリテアは強い。

十分後、彼女はその迷いない行動力で管理棟から足りない調理器具と調味料をレンタルしてきた。

ミョウガを爽やかに刻んだ特性サラダ。

野菜とキノコのアヒージョ。

鶏肉《とりにく》と食べそびれたカップラーメンをご飯と合わせて炊いたリリテア釜飯。

リリテアが料理を仕上げていくのと並行して俺は使用済みの器具や食器を次々に洗っていった。

「キャンプは初めてって言ってた割にしっかりしてるなあ」

バーベキューとかではなく、ここまでちゃんとした料理が並ぶのはリリテアらしいと言えばらしいけれど。

俺は洗い物の水気を拭き取りながら、リリテアを盗み見た。真剣な様子で焚き火の火加減を確かめている。

沈みかけの太陽が最後の光で彼女の横顔を照らし出していた。

「リリテア、こっちは終わったよ」

「ありがとうございます。もうじき出来上がりますので朔也《さくや》様はお休みになっていてください」

「そう?」

お言葉に甘えてテントの入り口に腰を下ろす。

林間学校の方はどうなっただろう。

何かあればあの抜け目のないフェリセットがすぐにスマホに連絡を入れてくるはずだから、そう気を張り続ける必要もないとは思うけれど、リリテアとの夕飯の準備が平和すぎて少し不安になってくる。

「林間学校は明日の朝十時に引き上げるんだっけ」

口に出して確認しながらそのまま後ろに倒れ込む。

「テントの天井ってこんな構造してるんだなー」

手持ち無沙汰だったのでしばらくテントの中を眺め回していた。

「何か暇つぶしになるもの持ってきてなかったっけ」

リュックに手を伸ばす。

ガサゴソやっていると、隣に並べて置いてあったリリテアのカバンが倒れてしまった。

留め具がちゃんとはまっていなかったのか、倒れた拍子にカバンの中から一冊の本が飛び出した。

「これは……?」

それはこんなタイトルの一冊だった。

必読。キャンプ飯百選！　これであなたも山のシェフ！

「これって……まさか……」

あちこちのページにカラフルな付箋が貼ってある。

「まさかまさか」

試しに適当な箇所を開いてみる。

そのページで紹介されている料理は『野菜とキノコのアヒージョ』だった。

料理の写真の横に手書きで何か書き込まれている。

リリテアの特徴的な文字だ。

――焚《た》き火《び》は火加減に注意！　油断はダメ！

俺はレシピ本を顔にくっつけたまま、三十秒ほどその場で転げ回って悶《もだ》えた。

ダメだろこれは。

夕べ俺が荷物の準備をしている間に、こっそり翌日作る料理のイメトレをしていたなんて。

可愛《かわい》すぎる生き物を発見してしまった気分だ。

リリテア、まさかこんなに楽しみにしていたなんて。

思えば豪華客船でのサーカスの時も、遊園地の時も、映画館の時も、リリテアはいつも目の前の体験に胸を躍らせていた。

一般人が当たり前に味わう楽しみを、人生を、彼女は知らないで育ってきた。

なぜなら、彼女はお姫様だったからだ。

ずっとお城で暮らしていたからだ。

探偵仕事の中でとはいえ、リリテアが庶民の当たり前に触れるようになったのはうちの事務所に来てからのこと。

どれもこれもが初めてで、どれもこれもが胸ときめく新鮮な経験だった。

そしてそのときめきを必死に抑えて平静を装うのがリリテアという子なんだ。

リリテアの素性を考えればそれも無理はない。

と、改めて自分の助手を務める女の子に対する理解を深めていたら――。

「朔也《さくや》様、お待たせしました。料理が完成し……ま……」

「あ」

予告なくテントの中に顔を突っ込んできたリリテアと、レシピ本越しに目が合ってしまった。

リリテアが全てを察するのに時間は掛からなかった。

冬場の電気ストーブがものの数秒で赤く発光するように、リリテアの顔もあっという間に真っ赤になった。

「朔也！　しょれ……それは！　ダメ！　返しなさい！」

俺から本を奪い取ろうと手を伸ばしてくる。

「勝手に見てごめ……！　でもちょっと待っ……！　リリテ……」

けれど中腰の体勢で強引に手を伸ばしたせいで、リリテアがつんのめってこっちに倒れ込んできた。

テントが揺れて、衣擦《きぬず》れの音がして、俺の手から本が滑り落ちた。

気づけばリリテアは俺の体の上に覆いかぶさる格好になっていた。

「ごめんごめん！　でもこれは事故！　せいぜい軽過失ってことで……」

慌てて弁解の言葉を重ねる。

重ねれば重ねるほど胡散臭《うさんくさ》くなっていくことは承知の上で。

けれどリリテアは俺のように慌てたりしなかった。怒ったり恥ずかしがったりもしなかった。

てっきり即座に俺から身を離して、いつものあの表情で「おバカな人」の烙印《らくいん》を押してくるものと思っていたのに、彼女は驚くほど大人しく、静かだった。

「リリテア……？」

テント越しに虫の音が響く。今までもずっと鳴いていたはずだけれど、急激にそれが耳についた。

「聞こえます」とリリテアが言う。

「ああ……虫の……」

「動いています」

続く言葉でリリテアの意図を悟った。

彼女が聞いていたのは虫の鳴き声じゃない。

リリテアは俺の左胸のあたりに耳をつけ、目を閉じていた。

まるで暗闇の中で道標《みちしるべ》を探そうとしているみたいに。

「朔也の鼓動」

リリテアは何かの呪文みたいにそう言った。

追いかけてくる過去と、待ち受ける未来。

不安。悲しみ。死別。憎しみ。変わらない死の恐怖と痛み。運命。

俺たちは色んなものを分け合っている。

二人きりで残されたあの事務所では、そうしないとやりきれなかった。

それでも抱えた色んなものがふとこぼれてしまいそうになることがある。

きっとリリテアにとっては今日が、今が——そうだったんだろう。

だから藁《わら》にもすがるような気持ちで耳を傾けているんだろう。

俺はそんなリリテアの背中に手を回した。

手のひらに感じる。

その薄く滑らかな背中の熱。翼の名残のような肩甲骨の形。

「一応まだ動いて、生きてるよ」

「料理……冷めちゃう」

「うん……」

その時、予兆もなくスマホに電話が掛かってきて俺たちは我に返った。

「も、もしもし?」

フェリセットからだ。

三章　絶対離さないで

『応答が遅い。何をやっていた？』

ビデオ通話で、フェリセットの幼い顔が画面いっぱいに広がっている。

「だ、黙れ小娘、兄のやることに口出しするんじゃないっ」

焦りのせいか、最高にダサい逆ギレをしてしまった。

『ふーん』

「そんなことより急にどうした？」

話しながらチラッとリリテアの方を見る。リリテアはテントの隅で洋服の皺《しわ》を伸ばして整えている。

『今こっちは夕飯が終わった。私は食べたふりをしただけだが』

フェリセットは人間のように物を食べたりしない。

『見ろ』と言ってフェリセットがカメラを引き気味にすると、一糸まとわぬ白い肌が画面に映し出された。

『これからロッジのシャワーをみんなで順番に使っていくんだ』

「何してんだ！」

『安心しろ。防水加工は標準装備だ』

「そういうことを言ってるんじゃない」

何が見ろ、だ。

『風呂の後はもう外出は禁止されている。消灯も思ったより早い。だから今のうちに得た情報を報告しておこうと思ってな』

「なんだそういうことか」

ならシャワーの情報はいらなかっただろうに。

「何か分かったのか？」

『シャワーの順番待ちがつかえているから簡潔に伝える。どうもこのキャンプ場、ずいぶん前からなかなかに経営が厳しいらしい』

「潰れそう……ってことか？」

『ということだ』

確かに昼間から他の利用客とも出会っていないし、そんな気はしていた。

『実際はギリギリのところで保っているようだが、先行きは暗いな』

「そうか。でもそんな情報どうやって？」

『ある確かな情報筋から仕入れた』

「なんだよそれ」

妙に意味ありげだ。

『まあこの情報がなんの役に立つのかは私が判断するところではないが』

「いいよ。真偽はともあれ、色んな角度からの情報を持ってきてくれると助かる」

『そう？』

そう言って素直に労《ねぎら》うと、フェリセットはちょっとだけ嬉《うれ》しそうに口角を上げた。自然な笑顔だ。

『とは言え今の情報は本命じゃない。重要なのはこっちだ』

その時画面の向こうからキュッと控えめながら甲高い音がした。

続いて水音。

「おい」

『話はレクリエーションを終えて、みんなでロッジに戻ろうとしていた時のことだ』

「待て待て。なんだその水音は。なんか心なしか声も反響し出してないか？」

『気のせいだろう』

「いや湯気！　立ち込めてきてるよ！　カメラぼやけてるよ！　通話途中でシャワーを浴び始めるな！」

『だから時間がないんだってば。後ろがつかえているんだ』

「ならビデオ通話じゃなくていいだろうに」

『ロッジへの帰り道、あたりはもう薄暮の中にあった。そしてロッジに到着した後でみっちゃんがこう言ったんだ。見た——と』

「みっちゃんって誰だよ。前触れもなく新キャラを出すな」

『みっちゃんは友達だ』

「友達ができたと言っていたのは嘘《うそ》じゃなかったのか」

『私は嘘をつかない。みっちゃんこと叶尾見留《かのおみる》。同じ班だったことで親交を深めた』

「もしかしてそれってレクリエーションの時に仲良くしてたボブカットの女の子か？」

『そうだ。そのみっちゃんが山道で茂みの奥に怪しい人影を目撃した』

「人影？」

その情報にフェリセットのシャワー問題はすっかりどこかへ消え去ってしまった。

「変質者か？」

『それが、綺麗《きれい》な着物を着た女性だったと言うんだ』

「着物姿の女性……」

嫌なヴィジョンが浮かんで、一瞬背筋に悪寒が走った。

うずめ——。

「まさか、本当に例の妖怪が出たなんて言うんじゃないだろうな」

『それは分からない。私自身が観測したわけじゃないからな。見間違いの可能性もある』

「ちなみにその子は脅迫状のことは?」

『知らされていない』

「ここは生徒たちにとっては知らない土地、それも山の中の夕暮れ時です。心細い気持ちがフェリセット様のお友達に幻覚を見せたのではないでしょうか?」

何事もなかったみたいにリリテアが会話に参加してくる。

「様付けはよしてくれリリテア。今の私はなんの肩書きも持たない身だ」

リリテア独特の丁寧な呼び方にフェリセットが注文をつける。

「分かりました。ではフェリセット、お友達は樹木の枝や花を女性の姿だと錯覚したのでは?」

『見知らぬ土地で不安に駆られて……か。一理ある考え方だがリリテア、残念ながらみっちゃんにはそれは当てはまらない』

リリテアの論理的な指摘に対して、フェリセットも見た目の子供らしさに反した言葉を返す。

「なぜでしょう?」

『彼女にとってこの山は見知らぬ土地なんかじゃないからだよ。それどころか昔から何度も訪れている』

「このキャンプ場を元々家族でよく利用してたとか?」

『それどころじゃない。みっちゃんはこの山の持ち主であり、キャンプ場のオーナーでもある人物の孫なんだ』

「え？　オーナーの孫？　あの受付の爺《じい》さんの？　そうだったのか」

『みっちゃんと色々と話をしていてその中で偶然分かったことだ。このキャンプ場が火の車だということも彼女から聞かされたことだ』

　ある確かな情報筋というのはオーナーの孫のことか。

『物心ついた頃から両親に連れられて遊びにきていたらしい。そうして親しんできた場所だ。ましてや今日はたくさんの学友、友人と一緒なんだ、今更不安も何もないだろう』

「納得しました」

　とリリテアが素直に頷《うなず》く。

「なあフェリセット、ちなみにそのみっちゃんは過去にもこの山でうずめらしき着物の女の姿を見たことがあったのかな？」

『いや、あんなモノは初めて見た――と言っていたよ』

「……そうか」

　フェリセットがいつの間にか湯気ですっかりぼやけていたレンズを指先で拭く。

『ぷぁ』

　フェリセットはシャワーを顔で受けながら小さく声を漏らし、濡《ぬ》れた髪をかき上げる。

可愛《かわい》らしいおでこがあらわになる。俺は何を見せられているんだ。

「報告はそれで全部か？」

『なんだ、早く切りたそうだな。あ、そうそう。最後に一つ』

「なんでだ？」

『明日に予定されているタイムカプセル、もしかしたら中止になるかもしれない』

「なんでだ？」

『夕食の後、オーナーからのクレームが入ったそうだ。みだりに山のあちこちを掘り返してくれるなと』

「事前に許可は取ってたんじゃないのか？」

『もちろん。埋める場所も決めてあったし許可も出ていた。だが直前になってオーナーの気が変わったらしい』

「埋める予定だった場所は？」

『ロッジの裏手を少し登ったあたりだ』

「ふうん。何か不都合でも出たのかな。場所を変えるんじゃダメなのか？」

『それもダメだと言っていた。ロッジの外で教員とオーナーが揉《も》めているのを私も見た』

「オーナーはこの山のどこにも埋めて欲しくない……か。うん？」

それって——。

『オーナーの強固な態度から察するに交渉は失敗に終わるだろう』

俺はその言葉の後半をほとんど上の空で聞いていた。

『ではそろそろ通話を終了する。これ以上は怪しまれてしまうからな』

「協力、感謝します」

『私は私の有用性を証明するためにしていることだ。消灯後は着物の女のことも一応念頭に置いて警戒を厳としておくとしよう』

「では……」

最後にひとしきり会話をした後でリリテアが通話を切ろうとスマホに手を伸ばす。

俺は思わずその手を遮った。

「待った」

「朔也《さくや》様？」

『どうした朔也。妹のバスタイムが名残惜しくなったか？　だがのんびりしていられないんだ。みっちゃんも怖がっていることだしな』

「逆だよフェリセット。むしろ消灯後にみっちゃんをこっそりロッジの外へ連れ出してきて欲しい」

『……どういうことだ？』

「朔也様、もしや何か分かったのですか？」

画面越しとすぐ隣、二人分の美しい瞳が俺を見る。

「ああ、謎が解《と》けた。多分これが真相だと思う」

「本当ですか！」

『……君がそう言うならその通りにしよう。だがなぜあの子を？』

フェリセットが首を傾《かし》げる。

「みっちゃんが脅迫状の送り主だからだよ」

濡《ぬ》れた空色の髪から雫《しずく》が落ちた。

□

みっちゃんは持参した愛らしいパジャマ姿で俺の前に現れた。ボブカットの繊細な髪が夜風に膨らむ。

俺は一歩前に歩み出て両手を広げた。

「ようやく会えたね。君がみっちゃん、だろ？　かーわいいねえ」

「あ、あの……ひどいことしないで……ください」

みっちゃんはすぐ隣のフェリセットに抱きつくようにして震えている。

「朔也《さくや》様、いたずらに気色の悪い声色を出さないでください。みっちゃん様が怯《おび》えておいでです」

「え!?　俺は緊張を和らげてあげようと……！　ごめんごめん！」

怖がらせないようにしたつもりが逆効果だったらしい。

消灯から二時間後の午後十一時、フェリセットは俺の頼みを忠実に守ってみっちゃんをロッジから連れ出してきてくれた。

場所は昼間釣りをしながら見張っていたあの橋の上。

昼間は快晴だったのに、今夜は空が分厚い雲に覆われている。それでも雲の向こうは満月らしく、その光がほのかに宵闇を和らげていた。

「雨瀧《うたき》は起こさなかったのか？」

「雨瀧は……騒がしくして気づかれそうだったからそのまま寝かせといた」

尋ねると、フェリセットは子供っぽい言い回しでそう言った。

うん。正しい判断かも。

「追月《おうつき》さん……この人たちは誰？　私……誘拐されちゃうの？」

みっちゃんはまだ怯えている。無理もない。こんな時間にいきなり夜の森に連れ出されて、知らない年上の人間に取り囲まれたら俺だって怖い。

「誘拐なんてとんでもない。俺は謎を解きにきたんだ」

「なぞ……？」

「俺は追月朔也《おうつきさくや》。探偵だよ。こっちは助手のリリテア」

「そして私は探偵の妹。実は」

フェリセットが余計な情報を差し込んでくる。

「みっちゃん様、安眠を阻害してしまい、申し訳ございません。このような時刻にご足労いただいたのには理由《わけ》がございます」

初《しょ》っ端《ぱな》の俺の失態を取り戻すべく、リリテアが恭しくみっちゃんの手を取り、真摯に言葉を紡ぐ。

みっちゃんはそんなリリテアを見て息を吐く。

「は……はい……」

その眼差《まなざ》しはお話の中のお姫様《プリンセス》を見るのとまるっきり同種のものだった。もしやこれは夢かしらと顔にも書いてある。

「探偵さん、私に話って？」

と、みっちゃんはリリテアの方を見つめたまま言う。

「いや、探偵はこっちだよ。こっちこっち」

慌てて主張するも、とても信じられないと言うような眼差しがこっちに注がれる。

「本当だってば。推理して事件を解決するのが仕事。今日だってずいぶん頭を悩ませたんだ。君が脅迫状を出したんだろう？」

「え」

俺は自己紹介の延長でそのまま核心に触れた。あんまり雰囲気を作ってもまた怖がらせるだけだし。

みっちゃんは目の前の探偵と友達のフェリセットとを交互に見た。

「あ……その……」

「怖がらなくても大丈夫。それに隠そうとしなくても大丈夫。俺たちは君の罪を裁きにきたわけじゃない。むしろ逆。何か力になれるかもしれない」

「私の力に……？」

俺は腰を折り、みっちゃんに目線を合わせる。

「ああ。そのためにもまずは本当のところを確認しておきたいんだ」

みっちゃんはしばらくの間逡巡《しゅんじゅん》していたが、そのうちに観念したように肩を落としてこう言った。

「はい……脅迫状…………書きました。うぅ……追月さんが」

「なすりつけたっ！」

まさかの裏切りに俺もリリテアも仰天してしまった。

当のフェリセットもショックを受けたような表情のまま固まっていた。心なしか歯車が軋《きし》む音すら聞こえた気がする。

「みっちゃん、君……！」

「あ、あ、嘘《うそ》です！　ごご、ごめんなさーい！　ほんとは私がやりましたあ！」

我に返ったフェリセットが精一杯の抗議をすると、みっちゃんはあっさりと犯行を認めた。

みっちゃん、案外曲者《くせもの》だった。

□

俺は橋の欄干に腰をかけると、改めてみっちゃんの話に耳を傾けた。

「問い詰められて……こ、怖くなってつい……。生贄《いけにえ》にしようとしてごめんね追月《おうつき》さん」

「構わないが……生贄にしようとしたのか」

素直に謝れて偉いぞみっちゃん。けれどフェリセットは人間の子供の弱さと狡猾《こうかつ》さをその肌に浴びて若干引いている。

「でもみっちゃん、なぜ脅迫状なんて出した？　そうまでして林間学校を中止に追い込みたかったの？」

俺は口を挟まず、そのままフェリセットに任せることにした。

「違うの！　その……みんなに来て欲しくなかったの……ここに」

「渦巳山《うずみやま》のキャンプ場に？」

みっちゃんが深く頷《うなず》く。

「でもみっちゃんの祖父……おじいちゃんはここのオーナーさんなんでしょ？　お客さんがあんまり来なくて経営が大変そうだって言ってたよね。それなのにこの林間学校まで中止にしようとするなんて——」

つまりフェリセットはこう言いたいのだ。

祖父の商売を邪魔したかったのか？

「みっちゃんはそんなこと考えてもいなかったはずだよ」

「朔也《さくや》……じゃなくお兄ちゃん、それはどういうこと？」

妹としてのフェリセットのむず痒《がゆ》い口調を受け止めながら、俺はフェリセットの横を通り過ぎてみっちゃんに歩み寄った。

「違っていたらごめん。みっちゃん、もしかしてこの山のどこかに爆弾、埋まってない？」

瞬間、フェリセットがポカンとした表情を浮かべた。

俺の口から唐突に出た二文字に困惑したんだろう。

「ど……どうして爆弾のこと知ってるの!?」

みっちゃんの反応は俺を充分に満足させてくれるものだった。

「朔也様、爆弾とは……どういう御了見《ごりょうけん》でしょう？」

「みっちゃんが実は幼き爆弾魔だったとでも？」

リリテアとフェリセット。二つのいと美しい瞳が揃《そろ》って俺を見る。

「爆弾と言っても不発弾だよ。太平洋戦争の時に落とされたやつ。もしかするとまだこの山に埋まってるんじゃないかと読んだんだけど、正解だったか」

「不発弾……。かつてアメリカ軍によって落とされた物が地中に残っているということですか？　確かに現在も日本各地で見つかっていると聞き及んではいますが……それがこの山に？」

「そう。リリテアと一緒に見た工場跡、渦巳《うずみ》工廠《こうしょう》だっけ？　あれを見た時にその可能性を考えた」

「確かあの工場は空襲を受けて中が崩落しているという話でしたね」

「秘密裏に作られた工廠だったらしいから、それで攻撃を受けたんだろうな。きっとその当時少なくない量の爆弾がこのあたりに降り注いだはずだ。となれば撤去されなかった不発弾が一発くらい残っていても、それはあり得ないことじゃない」

「ですがそれだけでは」

「もちろん可能性としてそれもなくはないっていう程度のものだった。けど夕食の後になってタイムカプセルを埋めるイベントの中止の話が出ただろう？　オーナーさん、つまりみっちゃんのおじいさんが突然中止するよう言ってきたんだよな？」

こちらの確認にフェリセットとみっちゃんが揃って頷《うなず》く。

「オーナーにはよっぽど山を掘り返されたくない理由があった。それってなんだろうって考えてピンときたんだ。埋まっているのは本当に不発弾かもしれないぞって」

「それじゃオーナーはこの山に不発弾が眠っていることを承知で、それを隠していたと？」

フェリセットの質問にみっちゃんが一瞬傷ついたような顔をしたが、フェリセットはそれに気づいていないみたいだった。

「もちろん本来なら速やかに110番なりして撤去を行うべきところだけど——」

オーナーはそうはしなかった。

「払えなかったんだと思います……お金」

ぽつり、みっちゃんが言葉を落とす。

「私がそれを知ったのは今年の春くらい……でした。おじいちゃんの家に遊びに行った時、かくれんぼの途中で偶然おじいちゃんの日記を読んじゃって……そこに……」

不発弾を発見した経緯が記されていたという。

「おじいちゃん、ある日ずっと放置してた枯れ井戸を蘇《よみがえ》らせようとして、底まで降りてスコップで土を掘ってたみたいなんですけど、そしたら土の中から爆弾が出てきた……って。日記の日付は去年の十二月でした。おじいちゃん、それで自分なりに色々調べてたみたいでした……でも……」

国民が平等に負うべき戦争損害として、自身の暮らす土地の自治体では撤去にかかる費用はその土地の所有者が実費を支払わなければならないということ。

費用は場合によってはうん百万円もかかること。

実際過去に、近隣の別の住人がその問題をめぐって市と国を相手取って裁判を起こし、敗訴していたこと――。

オーナーはそれらの現実を知るに至った。

「でもみっちゃんのおじいさんにはそんな蓄えはなかった……か」

「……はい」

そして撤去の機を逃したまま不発弾は放置された。

「そんな中突如林間学校の話が舞い込んできた」

舞い込んできてしまった。

そしてオーナーはその話を受け入れた。

――本当に泊まる気かい？

今にして思えば、最初の受付の時のオーナーのあの言葉は俺の身を案じてのことだったのかもしれない。

「きっと悩んだんだろうね」

声をかけるとみっちゃんは瞳を潤ませながら欄干に手をかけて暗い夜の川を見下ろした。

「はい……おじいちゃん、すごく……悩んだみたいでした。でも、不発弾がある場所はロッジからも離れてるし、スタンプラリーもタイムカプセルを埋める場所も事前にそこから離しておけば大丈夫だろうって思ったみたい……です」

「そうじゃなくて、君が――だよ」

「私……私は…………」

「おじいさんの日記から隠された事実を知った君は、このことを誰かに伝えるべきかずっと悩んでいた」

これはきっとなんとかした方がいい。でも大好きなおじいさんが隠そうとしていたものを子供の自分が暴いてしまっていいのか。

悩みに悩んだ。

「でもそうこうしているうちに渦巳山《うずみやま》キャンプ場が、自分や友達が参加する林間学校の開催場所に選ばれたと知って、君は慌てた」

みっちゃんはさらに悩んで、悩んで、苦しんで――。

「たまたまその時テレビでやってた再放送の刑事ドラマで見たんです。爆弾魔が脅迫状を出してイベントを中止に追いやろうとするお話……」

幼い彼女なりに考えて、脅迫状を書いて林間学校を中止――あるいは別のキャンプ場に変更させようと試みた。

「でも結局大失敗……だったけど」

　小さな脅迫者はその手でキュッと欄干を握る。

「だからせめてみんなが山をあっちこっち歩き回ったりしないように、怖がらせておこうって……思って」

「着物姿の女を見た——なんて嘘《うそ》を触れ回ったのか」

「ごめんなさい。ごめんね……追月《おうつき》さん」

「いいよ。私は全然怖くない。オバケなんてみんなプラズマだし」

　友達の謝罪に対してフェリセットは冗談なのか本気なのか分からない返しをした。

「でも探偵さん……爆弾のことはいいとして、どうして私が脅迫状を出したって分かったの？」

「最初は取るに足らない些細《ささい》な違和感からだったんだ。あの脅迫状の内容。最初に読んだ時、脅迫状にしてはどうにも弱いなって思ったんだよ。みっちゃんには申し訳ないんだけど」

「弱い、ですか？」

「もし差出人が何か大きな犯罪や危険な陰謀を企《たくら》んで脅迫状を出すんだとしたら、もっと誰にでも分かる危険な物事で脅すはずだ。それなのに登場するのは図書室で調べないと出てこないようなマイナーな妖怪一体だけ。これじゃ脅迫としての効果は薄い。実際、受け取った生徒も学校には知らせず、自分たちの胸にだけ留《とど》めておこうと考えた」

「確かに……実際林間学校は予定通りに開かれました」

「それでなんとなくこの差出人はそんなに凶悪な人物じゃないような気がしてた」

これは俺の想像だけれど、たとえクラスメイトを爆弾の危険から遠ざけるためとは言え、おじいさんのキャンプ場の評判を著しく貶《おとし》めるような脅迫の内容を考えることに、みっちゃんは心のどこかで抵抗を感じていたんじゃないだろうか。

「ちなみにもっと言うと、君には申し訳ないんだけど、なんとなく拙くて杜撰《ずさん》な印象も受けた。その時はまさか本当に幼い女の子の仕業だとまでは考えてなかったけど、フェリから君のことを聞いて、ついでにその他の見聞きした情報と組み合わせて推理したら、そこに真実に繋《つな》がる一本の道らしきものができた」

「すごい……ですね。あは……そんなにすごい探偵さんなら最初から一人でなんとかしようなんて思わずに相談していればよかったです」

「次からはご贔屓《ひいき》に」

「……はい」

みっちゃんが小さな涙を拭いながら微笑《ほほえ》む。そして両手をこっちに差し出してきた。

「それじゃ探偵さん、どうぞ連れて行ってください」

「どこへ？」

「え？　どこって……その、警察ですよ。私を捕まえるんですよね？　さあどうぞ！　私、もう逃げも隠れもしません！　牢屋《ろうや》にでもなんでもぶち込んで！」

大真面目な少女の啖呵《たんか》に俺は思わず笑ってしまった。

「そんなことしないよ。俺は探偵であって刑事じゃないんだから」

「しないの……？」

「しないの。みっちゃん、そう簡単に牢屋に入るなんて言っちゃダメだよ。あそこは君が想像するより辛《つら》い場所なんだから」

「そーだそーだ。退屈なんだ」

フェリセットが俺の後ろで同意する。

「経験者は語る、ですね」

リリテアは少しだけ呆《あき》れ顔《がお》だ。

「でも、それなら私……どうしたら」

「井戸はどこにある？」

「え？」

「最初にも言ったけど、俺たちは君の力になるためにきたんだよ。な？」

俺たち追月《おうつき》探偵社の面々は互いに目配せをし合う。

みっちゃんだけがあわあわと戸惑っていた。

□

「そこの下……みたいなんですけど……」

みっちゃんが指差したのは、ロッジの建ち並ぶ場所から南東にしばらく歩いた先にある古井戸だった。

「案内ありがとう」

ご丁寧にロープで囲われていて、立ち入り禁止の札がぶら下げられている。

一応念を入れて人が近づかないように配慮しているようだ。

井戸を封じていた蓋を苦労してずらし、中を覗《のぞ》き込《こ》む。

暗くて何も見えない。

と思っていたら隣からリリテアが身を乗り出してきてペンライトで下を照らしてくれた。

さすがに用意がいい。

「ありがとう。確かにすっかり水が枯れてるな。不発弾はこの下か」

「あの……本気なんですか？」

離れた場所でみっちゃんが不安そうな声を上げる。

「爆弾を……なんとかする……なんて」

「うん。それができれば理想かな。期待はほどほどに」

「珍しいですね。朔也《さくや》様が進んでこのようなことを買って出るなんて」

「そう？　うーん、そうかも。でも俺ならほら、仮に爆弾が爆発しても死者は出ないし」

「いつも死ぬのは嫌だ、怖いんだとおっしゃっているのに」

「そりゃ怖いさ」

「雨瀧《うたき》様のたってのお願いだから、ですか？」

「まぶしっ」

ライトを俺の方に向けてリリテアが覗《のぞ》き込《こ》んでくる。

「楽しい思い出にケチがつくのは誰だって嫌だろ？　たまには善行でも積んでおこうかなって思ったんだよ。あの世で閻魔《えんま》に会った時のために」

目を瞬《しばたた》きながら軽口を叩《たた》くと、リリテアが清楚《せいそ》に微笑《ほほえ》んだのが分かった。

「ですが朔也様、一つ疑問がございます。なぜオーナー様は今になってタイムカプセルを埋めるイベントを中止させたのでしょうか？　聞けば予定の場所はロッジの裏手。この井戸からは遠く離れています」

つまり危険性はないのではとリリテアは言いたいのだ。

「うん。俺も最初それを疑問に思った。オーナーだって離れていれば安全だと思って一度は許可したんだと思う」

「と言いますと……あ」

自分の見落としにすぐに気づいてリリテアが桜色の唇をパッと小さく開く。

そんな彼女の隣に立つフェリセットが理知的な瞳を山の山頂の方角へ向けて言った。

「この山には妖怪が出ると言い伝えられている。だが人々は誰も妖怪が二体いるかもとは考え・・・ない・・・」

「そうだ。オーナーは気づいたんだ。確かめられていないだけで、まだ山のどこかに二つ目が眠っているかもしれないと」

爆弾は一つとは限らない。

家の中でゴキブリを一匹見たら他に百匹いると思えとはよく言うけれど、不発弾のような一生で一度出くわすかどうかという珍しい物を見つけた時にも自然とその発想ができるかというと、俺にもちょっと自信がない。

「オーナーは今日になってその可能性に思い至って、それで慌てて中止するように申し出たんだろう」

埋める場所を変えても、運悪くそっちで不発弾とかち合ってしまったらアウトだ。

「ですが朔也様、一つならまだしも、仮に爆弾が他にいくつも埋まっているとすると、これは少々私たちの手に余ります」

「実は俺もそれを考えてた」

一度その可能性を考えてしまった以上、オーナーの中から不安を取り除くことは難しい。それを払拭するにはこの山には他にもう危険物は埋まっていないと証明してみせるしかない。けれど重機を持ち込んで山中掘り返すわけにもいかない。

「その点においての心配はない」

そう断言したのはフェリセットだ。

「どういうことだ？」

「ここまで移動してくる間に一帯の地中をスキャンしてみたが、他に不発弾らしきものは引っ掛からなかった」

フェリセットは頭に飾ってある猫耳に両手をそえてピコピコさせた。

「お前……そんな機能があったのか」

「言っただろう。常に機能拡張中だと。使用回数に限度はあるが、どうだ？」

私、役に立つだろう？

子供っぽく胸を張るフェリセットの顔にはそう書いてあった。

「なんならスキャンデータをプリントアウトでもしてオーナーに見せてやればいい」

「でかした！」

俺は思わずフェリセットの肩を掻《か》き抱いて左右に揺さぶった。

「これで目の前の不発弾だけに集中できるぞ！」

「あ、あの……一体どういう……？」

事情を飲み込めていないみっちゃんが一人でモジモジしている。

俺は慌ててフェリセットの小さな体をポイと放り出した。恥ずかしいところを見られてしまった。

「喜べみっちゃん。探偵の秘密道具によってたった今、不発弾はこの下の物一つだけだと分かった」

「え？　え？　そうなんですか？　よく分かんないけど……でも……」

みっちゃんはまだ表情を曇らせたままだ。

「一個でも爆弾は爆弾です。探偵さん、やっぱり危険です。探偵さんの仕事じゃないと思います」

「ごもっとも……なんだけど、今回は一応依頼主から言われてるから」

「え？」

「うずめを見つけたら退治してくれって」

「それって……」

いつしか俺たちの頭上では唸《うな》るような雷鳴が轟《とどろ》き始めていた。単なる自然現象だ。でも、それはなんだか開けちゃいけない封印を解《と》いてしまった俺に降りかかる呪いの演出みたいにも思えた。

そんな雰囲気に飲まれまいと大きくストレッチをする。

「さーて、井戸の底に埋まった麗しのお姫様に拝謁を賜りに行きますかっ」

「朔也《さくや》様、決め台詞《ぜりふ》が少々ダサくていらっしゃいます」

リリテアの目が細くなる。今回のはちょっと自信あったのに。

「それはそれとしまして、ではまずは私が下に降りて……」

「いや」

井戸の縁に手を掛けようとするリリテアを俺は片手で制した。

「危ないからリリテアはここで待ってて」

「ですが」

「ほら、あんなに不安そうにしてる。みっちゃんのことをよろしく」

「それ……ずるいです」

不服そうなリリテアを残して俺はフェリセットを伴って井戸を降りた。

降り際に「え、妹さんは連れてっていいんだ」とみっちゃんの驚く顔が見えた。

垂らしたロープを伝って慎重に降りる。

やがて底に足がついた。深さは七メートル、いや八メートルくらいか。

底に不自然に砂や砂利で覆われた場所があった。それを両手で慎重に払う。

すると下から目当ての物が一部顔を出した。

爆弾だ。本当にあった。

ボロボロに錆《さ》びついてはいるけれど、思ったよりも大きい。

「これか……」

オーナーはこれを発見して慌ててまた隠したんだ。

「さて、問題はこれをどう安全に掘り起こして処理するか……だけど」

躊躇《ためら》っているとフェリセットが「大丈夫」と言った。

フェリセットは背伸びをして俺の耳元を探る。

「その方法ならもう考えてある」

「……どんな?」

「これ」

そしてフェリセットは俺の手を取り、そっと何か丸い小さな物を手渡してきた。

「絶対離さないで持っていて」

「え?」

「それから、しっかりそこのお姫様を抱きかかえておいて。逃さないように」

「お、おい」

確認したかったけれど、フェリセットがライトを持ったまま先に井戸から出て行ってしまった。

「おーい。フェリセットってば！　あれ？　ねえ！　フェリちゃん？」

頭上にポッカリ開いた井戸の出口から顔を覗《のぞ》かせてフェリセットが手を振る。シルエットだけで表情は読み取れない。

「バイバイお兄ちゃん」

いたずらっ子な声が井戸の中に反響する。

同時に空では龍《りゅう》の寝返りみたいな雷鳴が響いている。

とうとう激しい雨が降り出した。

雨粒が井戸の底まで入り込んできて俺の頬《ほお》を打つ。

そのうちに俺はフェリセットから手渡された物体が、手の中でだんだん熱を帯び始めていることに気づいた。

よく目を凝らしてみると、わずかに赤いランプみたいなものが点滅しているようにも見える。

しかもその点滅はだんだん速くなっていて――。

あ。

そう言うことか。

あー……。

「あいつ！　許さな――！」

言い終える前に目の前が真っ白になった。

そして俺は爆風と共に自分の腕や耳や心臓が弾《はじ》け吹き飛んで井戸の中にぶちまけられる光景を目撃し、刹那の後に爆死した。

ああ、確かに——これなら撤去費用は掛からない。

俺の命一個分。安上がりだ。

□

「結局最後までなんにも起きないの。ふつーに楽しい林間学校だった。無駄足だったかもだけど、さっくんありがとねー」

雨瀧《うたき》がおでこに泥をつけて笑う。

どうやら無事タイムカプセルを埋め終えたようだ。

「雨、上がってよかったな」

「うん。夜中すごい音だったらしいね。あたしは気づかず寝てたんだけど」

木々からは昨晩の雨の名残が滴り落ちている。

「全部解決したみたいだし、私も離脱する」

フェリセットが片手を上げて雨瀧に告げる。体操着からすっかりいつもの洋服に着替えている。

「フェリちゃんもありがとね！　連絡先教えてよ。で、今度着せ替え遊びさせて」

「それはちょっと、ヤダかも」

「そう言わずさせてくれーい！」

「……かわいい服なら」

「決まりね！」

そうして雨瀧《うたき》と妙な約束を取り交わすフェリセットに近寄って、俺はそっと耳打ちした。

「おい、昨日の恨みは忘れないからな」

文字通り怨嗟《えんさ》の囁《ささや》きだ。

「よりにもよって人を生贄《いけにえ》にして爆弾の撤去をさせるなんて。酷《ひど》すぎるぞ」

後で判明したことだが、暗闇の中で優しく手渡されたあの物はフェリセット特製の小型式爆弾だった。

「お前に血は通ってないのか」

「今のところ通ってないな」

恐ろしい機械の少女はそれを使って不発弾を誘爆させ、ついでに俺の体を肉壁として利用して速やかかつ被害の少ない処理法を実行した。

爆発音は折よく始まった雷雨の音に混ざって、結局生徒たちに知られることはなかった。

そして誰も何も気づかず一夜明け、さっきまで向こうで楽しそうにタイムカプセルを埋めていた。

俺とリリテアは離れた場所からその様子を見守っていたのだけれど、みっちゃんはことあるごとに俺の方を見ては疑わしそうに首を傾《かし》げていた。

無理もない。

あんな爆発の後、程なくして土の中から生還した俺の勇姿を見て心奪われない女の子はいない。

「みっちゃん様、ゾンビでも見るような目でしたね」

「リリテア、ひどいこと言わないでくれ。ちゃんとフォローしといてくれたんだよな？」

「もちろん抜かりはございません。朔也《さくや》様は探偵として合計六十八時間以上の特別な訓練を受けておりますとしっかり説明を」

「バイクの免許講習か！」

俺は深いため息をついた。

「また死んだ。今回は無闇に死ぬような事態にはならないと思ってたのに……」

「ご冗談を」

リリテアは全てを見透かしているような顔だ。

「フェリセットがあのようにせずとも、朔也様は元々ご自身の身を挺《てい》して不発弾を処理するつもりだったのではございませんか？」

「えーっと……どうだったかな」

「とぼけてる」

リリテアにその目で見られるとどうにも誤魔化《ごまか》せなくなる。

「ま、妖怪を退治する必殺技なんて俺は持ってないけど、必死技なら——ね」

でもこの方法はリリテアが嫌がると思ったから、事前に相談できないでいた。

命を消費するような、こんなやり方は。

「そう言えば朔也《さくや》様、オーナー様には」

「みっちゃんを通じて伝えてもらうことにしたよ。妖怪はもういないよってね。不発弾を放置したこと、それを分かっていて林間学校を受け入れたこと、その辺りの責任の後始末はあの一家の中でつけるだろう」

あとはなるようになる。この先はもう探偵の出番じゃない。

「でも結局噂《うわさ》になってた着物姿の女ってなんだったんだろ？」

雨瀧《うたき》が思い出したように言う。

「さっくんは知らないかもだけど、夕べうちの班の子が見たって騒いでたんだよ」

「そうなの？　じゃそれがうずめだったのかもね」

とぼけてそう返すと雨瀧は「そっかあ」と神妙な顔をした。

「それじゃ妖怪は妖怪でほんとにいたのかも……？　やっぱさっくんに頼んだのは間違いだったかな」

「雨瀧ちゃん今更それはないだろ。ギリギリに依頼してきておいてさ。本来なら特急料金をもらいたいくらいで」

「ごめんって。でも言ったじゃん。元々は冊多《さつた》さんが妖怪とかオバケとかそっち系の専門家に依頼しようとしてたの。でも連絡がつかなくってギリギリになっちゃったの」

「冊多って、ああ、最初に脅迫状を受け取った子か。でもそっち系の専門家ってなんだ？　陰陽師《おんみようじ》とか霊媒師ってこと？」

「いや、それが聞いてみたらちょっと違ったんだよね。肩書き、なんて言ったっけ？　ネットで一部語られてる女の人なんだ。変人だけど腕は本物、今はリトル・クーロンのどこかに滞在してるって噂で」

どうやら公に広告や看板を出している人物ではないらしい。となると一介の女子中学生がアポを取るのが難しいのも頷《うなず》ける話だ。

しばらく目の前で細い体を捻《ひね》って唸《うな》っていた雨瀧だったが、やがて嬉《うれ》しそうに手を叩《たた》いて飛び跳ねた。

「そうそう！　思い出した！　オカルト考古学者だ！」

「え？」

「変な肩書きだよね。初聞きだとそんな反応になるよねー。でも、会えるならあたしも会ってみたかったかも。って、あ！　先生が呼んでる！　ごめん、もう行くね。また連絡するー」

ただずむ俺を残し、雨瀧《うたき》は軍手をひらひらさせながらその場から立ち去った。

残された俺は引き続き虚空を眺め続けていた。

「朔也《さくや》様……？」

リリテアが心配して顔を覗《のぞ》き込《こ》んでくる。

「オカルト考古学者——」

「いかがなされましたか？」

そんなヘンテコな肩書きを名乗る人物はこの世に一人しかいない。

「それ、多分俺の母さんだ」

異端の学者であり、不死の探偵の妻。

追月薬杏《おうつきやきょう》に違いない。

Bottom Hurt Mother

ボトム・ハートマザーの館

KILLED AGAIN, MR. DETECTIVE.

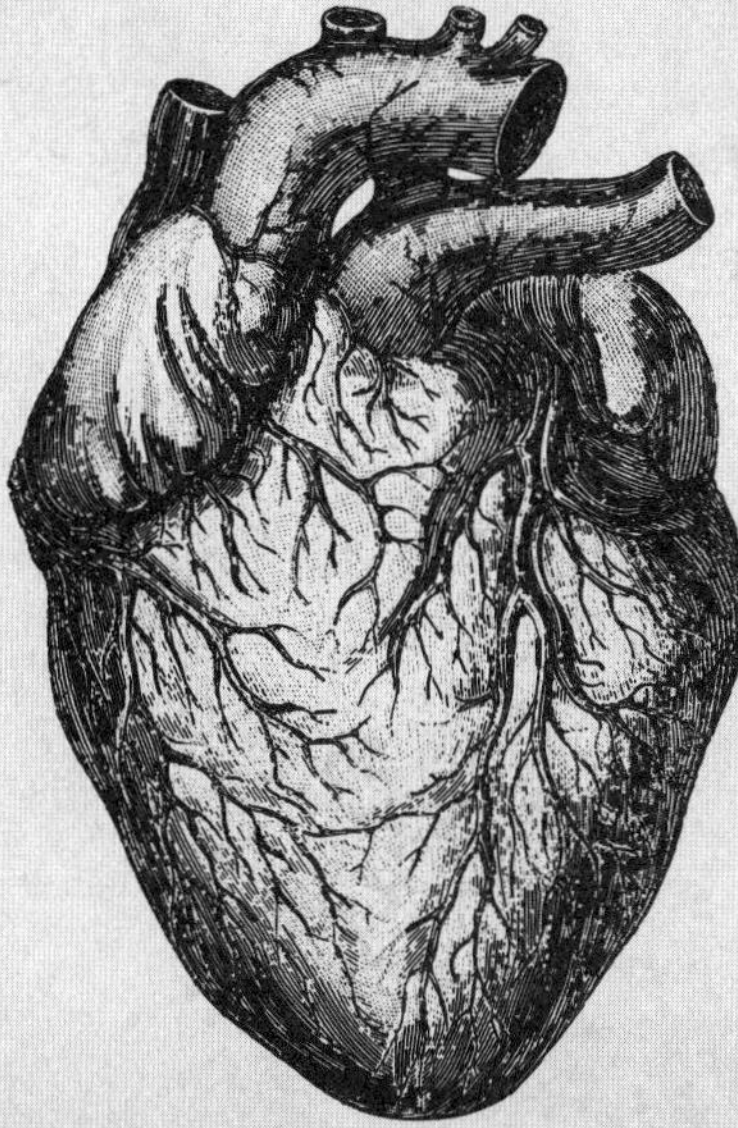

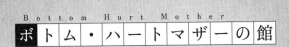

一章　臓物《レバー》、平気になった？

有名な映画のタイトルをパロった風俗店の呼び込み。

さっき飲んだばかりの酒をそのまま嘔吐《おうと》し始めるサラリーマン。

フロントガラスの鳥のフンもそのままに、乱暴な運転をするタクシー。

ライブハウスの裏口ではパンク系の格好をした男女が、どうやってそこから高価な機材を盗み出そうかと相談し合っている。

ついでに空からは霧のような雨だ。濡《ぬ》れた路面が繁華街の怪しいネオンを反射させて、街並みを一層けばけばしく飾り立てている。

ここはリトル・クーロン。まともなものは何もなく、異常なものがなんでも揃《そろ》う、欲望渦巻く港町。

「この街に来る時はいつも雨だぜ」

「何がだぜですか。ハードボイルドは似合いません」

俺の隣にはこの街の雰囲気にも汚されない、強い美しさを持ったリリテアが並び立つ。

「少しくらい浸らせてよー」

「聞き込みに集中してください」

俺たちは今、十字路の角に立つ個人経営の小さな電気店の前で、その日何度目かも分からない聞き込みの最中だった。

つい先週、雨瀧《うたき》からの妖怪退治の依頼をクリアしたことによる天からの報酬なのか、俺は思わぬところから行方知れずの母親に関する情報を手に入れた。

オカルト考古学者。

そう名乗る女がリトル・クーロンにいるという。

その希代な肩書きを耳にした時、俺にはピンとくるものがあった。

なぜって、それはごく稀《まれ》に親父《おやじ》の口から聞かされることのあった母さんの生業《なりわい》を指す言葉だったからだ。

もちろんオカルト考古学者なんて職業は世間一般にはない。ないからこそ、それを名乗る人物は追月薬杏《おうつきやきょう》をおいて他にはいない。

「ゆりう、そんなにずっと手を引かれたら歩きにくい」

「ダメだよ。ここはちょっぴりアダルティな町。フェリちゃんみたいに幼なかわいい子はあたしがしっかり見ていてあげなきゃ」

「それはつまり需要があるということ？」

「ダメ！　その年で自分の価値に気づいちゃダメ！　あぶなーい！」

「なぜ？　説明を求む」

かたわらで賑《にぎ》やかにしているのはフェリセットとゆりうだ。

あまり治安がいいとは言えないこの街にゆりうを連れてくるのは気が引けたけれど、結局強引についてきてしまった。林間学校に参加できなかった悔しさをバネに無理やり休暇を取ったらしい。

と、ここまでの経緯《いきさつ》を振り返るのはこれくらいにして、リリテアの言う通りそろそろ目の前のことに集中しよう。

「それで、心当たりがあるんだな?」

幾度もの空振りの後、俺たちはようやく母さんへと繋《つな》がる情報を持つ人物を引き当てたところだった。

「お聞かせ願えますか?」

リリテアは膝を折ると改めて聞き込み相手に優しく問いかけた。

「うん、そのオカルトなんとかって仕事してる人なら、オバケ館《かん》にいると思う」

聞き込み相手は野球帽を目深に被《かぶ》った幼い少年だ。

彼の言葉にゆりうも食いつく。

「オバケ館?」

「すごく古い建物だよ。そこに最近ヘンな仕事してる女の人が勝手に住み着いたらしいって聞いた」

「女の人……か」

「みんなはタタリさんって呼んでる。あそこ、やばいんだー。肝試しに行った他のクラスの子が館の中で化け物を見たって騒いでた」

少年は大袈裟《おおげさ》にジャンプする。背中のランドセルがカランと揺れる。学校帰りのようだが、ランドセルにはほとんど教科書を入れていないみたいだった。

「化け物ねえ」

眉唾な情報はとりあえずスルーしておく。

「嘘《うそ》じゃないよ。でっかい目玉がギラーって光って、館の床をズルズル何かが這《は》い回ってたんだって」

「分かった分かった。で、そのオバケ館ってどこか分かる？」

逸《はや》る気持ちを抑えて尋ねると少年は得意げな顔で俺の背後を指差した。

「どこっていうか、この通りのすぐ裏だけど？」

辿《たど》り着《つ》いた目的地は、ちょっと後退《あとずさ》りしたくなるような外観をしていた。

ひび割れた塀に囲まれていて、建物の外壁にはこれでもかと蔦《つた》が這っている。

様式はゴシックだろうか。そんな建物が、まるで無口な未亡人みたいにじっと俺たちを睨《にら》み返してくる。

その佇《たたず》まいはなるほどオバケ館《かん》の名に恥じない。

「でもこれって……どう見ても教会だよな？」

「そのようですね」

左右の建物よりも頭ひとつ高く、とんがり屋根のてっぺんには十字架があしらわれている。ただしその十字架は風化の影響か外れかけて逆さ状態になっていた。

縁起が悪い。

同じ敷地内の奥の方に教会とは別の建物が連なっているように見える。

あれはなんだろうと思っているとフェリセットがトコトコと戻ってきた。

「お兄ちゃん、そこの肉屋で聞いてきたよ」

ゆりうの手前、律儀に俺の妹を演じている。

けれどフェリセットの猫かぶりはまだ見ていて背中がむず痒《がゆ》くなる。

「手際がいいな。でも怪しまれなかっただろうな？」

「何を？」

「お前が実は人間じゃないってことをだよ」

俺の言葉を受け、フェリセットが小さな舌を出して笑う。

「こんなにも精巧で愛らしい造形の私を人外だと疑う人間がいると思うか？」

「えっ!?　お、お前！」

俺は咄嗟《とっさ》にフェリセットを物陰に引っ張った。

「い・つ・の・間・に・そ・ん・な・も・の・を！」

何も舌を出されたことに怒ったわけじゃない。

そ・の・舌・の・先・に・つ・い・て・い・る・物・が問題だった。

桃色の健康的な舌の先っちょにポツンと輝く銀色が一つ。

「ピアス！　舌にピアス！　まさか開けたのか!?　こないだまではなかったのに！　お前何やってんだ！」

「ん？　単なるファッションだが」

怒鳴られたフェリセットは冷めた顔で首を傾《かし》げた。

「自分で開けてみた。人間のファッションは奇妙で面白いな。似合う？」

なんという刹那的な行動力。

もしこいつが本当の妹だったら頭にゲンコツを降らせていたところだ。

「師匠、何を二人で揉《も》めてるんですか？」

言い合いをしていたら、気づいたゆりうとリリテアがこっちにやってきた。

「いや……ちょっとこいつに教育を……」

「そろそろ得てきた情報を共有してもいいか？」

俺の教育も虚《むな》しく、フェリセットは全く悪びれもしていない。

更生させることを一旦諦めて話を聞くことにする。

「肉屋の主人が言うには、ここは元教会で、かつてはハートマザー教会と呼ばれていたらしい。奥に居住棟が繋《つな》がっていて、当時は神父さんの家族が住んでたとか」

「教会……。なるほどな、奥にある建物はその一家の元住居か」

「でもそれも昔の話。神父一家が無理心中しちゃって、それ以来廃墟《はいきょ》」

「無理心中……」

心理的瑕疵《かし》あり――いわゆる事故物件というわけだ。

「そうして現在《いま》じゃ地元の子供たちを中心にもっぱらオバケ館《かん》と呼ばれてる……ってところか」

わざわざそんな曰《いわ》く付《つ》きの館に住み着いた謎の女――タタリさん。

まるで出来の悪い都市伝説みたいな呼び名だ。

しかもそれは我が母のことらしい。

「あの人、一体こんなところで何やってるんだ」

場合によっては世界の果てまで探しに行く覚悟で構えていたけれど、こんなに近くにいたとは。

「朔也《さくや》様、その、私たちはお邪魔ではございませんか？」

リリテアが遠慮がちに尋ねてくる。

「あ、確かにそうですね！　お父さんの行方をお母さんが知ってるかもしれないって話でしたよね？　でも、それももちろん大事だけど、師匠、お母さんと色々積もる話もあるんじゃないですか？」

「二人とも気を遣わなくていいよ。積もる話なんて特にない。再会するなり息子に駆け寄ってハグをして大きくなったわねえとか、あの人はそういうタイプじゃないから」

「そう、ですか」

「どうしてリリテアが悲しそうな顔するんだ」

「だって」

リリテアの顔は悲しいを通り越してもはや拗《す》ね気味《ぎみ》ですらある。

「気にされちゃこっちがやりづらいよ」

実際、俺の心は平時と何ら変わりなかった。強がりではなく。

「そうですか？　ならあたしも遠慮なくついていっちゃいますね。じ、実は師匠のお母様ってどんな人なのか興味あったりして。ご挨拶かたがた、なんちゃって、あひゃひゃ」

「こんな感じでゆりうちゃんほどあっけらかんとされても困るんだけどね」

「……かしこまりました」

そうだ。気にするようなことじゃない。

「ほら、もう行こう。ここまで来て玄関先で立ち話もないだろ」

□

館の入り口に呼び鈴やインターフォンのようなものは見当たらなかった。

ただ観音開きの大きな扉が威圧的に立ちはだかっているだけだ。

ノックしてみた。

返事はない。

「留守……か？」

ちょっと肩透かしを食らったような気分だ。

どうしようかと考えていると、フェリセットが無遠慮に扉を押し開いた。

「開いてる」

「おいおい……」

「噂《うわさ》から察するに、朔也《さくや》の母親はおそらくここへ不法に住み着いている。現住所を移すことなく勝手に住んでいるだけなら、ここは依然として廃墟《はいきょ》のままだ。それなら我々が何か言われても無邪気に肝試ししてただけって言えばオーケー。ね？」

「……最後だけ女の子ぶりっ子するのやめろ。とはいえ、住み着いているのが母さん以外の誰かだって場合も考えられる。血の気の多い奴《やつ》がいきなり襲いかかってくるってこともありうるわけだし、そう無邪気にってわけにも」

「安心して。私の体は人間に比べればずっと頑丈。人間相手ならバットで殴られたって行動に支障はない」

あらゆる意味で法とモラルに縛られないフェリセットの行動をきっかけに、俺たちはそのままオバケ館《かん》に足を踏み入れた。

埃《ほこり》っぽい空気が耳の横を通り抜け、ゆりうが俺の腕に掴《つか》まったまま咳《せき》をした。

「エホエホ！　雰囲気満点ですね……。こないだみんなで見たホラー映画以上に。あひゃひゃ……」

我が弟子の『あひゃひゃ』には思っている以上に色んな感情のバリエーションがある。今のは空元気を振り絞る用の『あひゃひゃ』だ。

「薄暗いな……。電気は通ってるのかな？」

「奥の照明がついてる。盗電程度のことはやってるのかもね、お兄ちゃん」

フェリセットはサラッとイリーガルなことを口にしたけれど、電気がついているということは、やはりここには誰かがいるということだ。

かつての拝廊にあたる場所を通り抜け、礼拝堂のある方へ進む。

床には枯葉や、砕けたステンドグラスのカラフルな欠片《かけら》や、古びた書物が積もっていて、それらは場違いな侵入者を歓迎してくれた。

本をいくつか手に取ってみる。

『腑分《ふわ》けされた御身体《ごしんたい》』『デカルト非合理論争』『口寄せの歴史』『超越意識の欲求』『聖遺物とオーパーツ』etc. etc. etc.――。

「奥にもドアがありますね。私、見てきますよ！　弟子として！」

そう言ってゆりうはドカーンと胸を叩《たた》く。

「張り切るのはいいけど気をつけろよ。一人で大丈夫か？」

「任せてください！　最近師匠のお仕事に同行できていなかったので、この辺りでポイントを稼いでおかなければならないのです！」

ポイント制を導入した覚えはないけれど、やる気になっている弟子の気持ちを無下にもできないので任せることにした。

俺は俺でもう少し礼拝堂を見て回ることにする。

「……ん？」

すぐに目に留まる物があった。

「あれって……カメラ？」

祭壇の上に誰かの忘れ物かのようにカメラが置いてある。それだけじゃない。よく見ると四隅の柱にも。

死角をなくすように念入りに計算して設置されている。

「なんでこんなものが」

これじゃまるで監視カメラだ。

動いているんだろうか？

「オバケ館《かん》。確かに名前に違《たが》わぬ空気感……。でも、どうすれば」

リリテアの声。彼女は破れたカーテンに触れて俯《うつむ》いている。

「リリテア、何か悩んでるのか？」

「本当に化け物が出たらどうやって倒そう……」

独り言だったらしい。

ナチュラルに人外との戦いをシミュレーションしないでもらいたい。

「なんだ二人とも怖気付《おじけづ》いているのか？　前にも言ったが幽霊なんて非科学的なモノに心を影響されるなんてナンセンスだ」

俺とリリテアの様子を見てフェリセットが生き生きと煽《あお》ってくる。

「人間は自らに心があり、魂があると信じている。そんなあるんだかないんだか分からない空虚なものを信仰しているから、同じく空虚な虚構なんぞに影響を受けて気持ちを左右されるんだ。見ろ、人類の叡智《えいち》の結晶たる私にはなんの影響もないぞ。取り憑《つ》くべき命も、祟《たた》るべき肉の体もないからだ。ほらほらプラズマめ、来れるものなら来てみろ」

両手を広げて部屋を駆け回る。完全に心霊スポットを舐《な》め腐ったガキの態度だ。

俺は頭を抱えた。

俺たちと暮らすようになってからというもの、あいつのクソガキ化に拍車が掛かっているように思えてならない。以前と同様に理性的な面は残しているものの、その言動が日増しに生意気に、俗っぽく、そして幼くなってきている。

ここはひとつ便宜上の兄としてガツンと説教してやらないと。

なんて思っていたら、フェリセットのすぐ近くの壁にかけられていた絵が突然額縁ごと床に落ちた。

ゴンと礼拝堂に音が響く。

そして飛び跳ねた。

何が？

フェリセットがだ。

フェリセットは喋《しゃべ》りまくっていた口を一瞬で閉ざし、Uターンして俺たちの方へ戻ってきた。

「色々古くなってるのにお前が急にドカドカ走り回るからだぞ」

さっきまであんなにイキがってはしゃいでいたのに顔から表情が失われている。心なしか頭の上の猫耳飾りも折り畳まれている気がする。

「なんだよ、ビビったのか。ビビったんだな？」

「ん？　今何かあった？」

「平然となかったことにしようとするな！　無理あるぞ！」

「物体が引力にひかれて落下したに過ぎないが、それが何か？」

「こいつ……ったく何が叡智《えいち》の結晶だよ。エッチの結晶の間違いだろ」

「朔也《さくや》……き、君、なんという暴言を」

フェリセットがショックを受けた表情を浮かべる。思いの外ダメージが大きかったらしい。

「確かに今のは口が悪かったけど、人間をコケにしたお前に怒る資格はない。ってことでこの話はおしまい！」

俺はすっぱり話を終わらせて改めて奥に向かって尋ねた。

「あのー、お邪魔します！　今更なんですが誰かいませんか!?」

やっぱり誰からも返事はない。

「地道に探し回るしかないか。あ、そうだフェリセット、生体反応がないかどうかざっと調べてみてくれよ。不発弾をスキャンしたみたいにさ。ちょいと頼むよお」

猫撫《ねこな》で声《ごえ》を出すとフェリセットは猫耳を両手で隠して俺から距離を取った。

「調子のいい奴《やつ》。なんでも私に頼ろうとするな。そもそも、遮蔽物を無視しての熱探知及び動作感知機能はまだ搭載されていない。準備中だ」

「ないの？　なんだ」

日頃の腹に据えかねる俺への態度の報復にと、大げさにため息をついてやると、フェリセットは目に見えてムスッとした表情を浮かべた。

「私は常に改良進化中だ。渋谷駅のように毎夜どこかしらかが改装されている。いいか朔也、君はいつかそのうち私の驚きの新機能に大粒の涙をまろび出させて感謝の言葉を並べることになるだろう。その時が今から楽しみでならな――」

「はいはい。でも今は無理なんだもんね。今は」

俺からの追い討ちに小さく「もぅ！」と唸《うな》って床を踏みつける姿は、まさしく小さな女の子そのものだった。

けれどその小さな足が床を踏みつけたのと同時に、奥から悲鳴が聞こえた。

あまりにタイミングがバッチリだったからか、フェリセットは「きゅっ」と謎の可愛《かわい》らしい声を喉の奥で鳴らした。

「今の、ゆりうちゃんの声だ」

「朔也様、こちらのドアです」

礼拝堂の突き当たりの壁の左右の隅にドアが一つずつ。リリテアは右側のドアを開けた。

「ゆりうちゃん！　どうした⁉　まさか幽霊でも出たっていうんじゃ……」

ゆりうちゃんは部屋の奥で尻もちをついている。

「し、師匠！　こ、こ……」

「こ？」

「行進してました！　大行進です！」

一体何の？

と訊《き》くよりも早くフェリセットが部屋の隅を指差した。

「ネズミだ。齧歯類《げっしるい》。一、二、三匹」

「ヒィ！　数え上げないで！　あたしの靴の上を校庭に埋まったタイヤみたいに乗り越えていったんですよう……！」

「そりゃネズミくらいいるよ。廃墟《はいきょ》だもの」

呆《あき》れつつ手を貸して立たせる。

そこでネズミがチュウと鳴いた。

それを聞いてゆりうは「んぎゃ」と叫んでその部屋から逃げ出していった。

ドア越しに声がする。

「というわけであたしもう片方の部屋を見てますねー！　そ、そこは任せましたー。あひゃひゃ」

「分かったよ。マイナス一ポイント」

せっかくなので試験的にポイント制を導入してみよう。

文字通りドタバタとゆりうが部屋から出ていった後、俺たちは改めてその部屋を調べた。

「おそらくここは聖具室《ベストリー》でしょう」

「ベストリー？」

「神父様の祭服や聖餐《せいさん》のための道具などを収めておく部屋、つまり備品室です」

リリテアの博学には毎度助けられる。

部屋は八畳ほどの広さで、そこにも書物が積み上げられていた。他は倒れた燭台《しょくだい》と空の棚だけ。

かつての名残はほぼないと言ってもよさそうだ。

ただ、この部屋にも礼拝堂と同じくカメラが設置されている。

フェリセットは部屋の隅に座り込んでなにやら古びた絨毯《じゅうたん》をめくって遊んでいる。左手でさっきのネズミのうちの一匹を摘《つま》み上げたまま。

聖具室の奥にはさらにドアがついていた。けれど俺が確かめるまでもなく、そこはすでにリリテアが検《あらた》めていた。

「このドアは裏庭へ続いているようです。人影はございません」

「そうか。ところでリリテア、そこのカメラなんだけど、どう思――」

ガタン――！

質問し掛けた瞬間、突然部屋の中に異質な音が響いた。

リリテアと目が合う。俺だけが幻聴を聞いたわけじゃないみたいだ。

「今の音は？　ネズミ……じゃないよな」

ネズミにあんな大きな音は鳴らせないだろう。

「やはりどなたかいらっしゃるのでしょうか。何か、嫌な感じがします……。フェリセット、危険ですのでこちらへ……フェリセット？」

途中でリリテアの声が曇った。

「どうしたリリテア」

彼女は部屋の中を見回している。

「いえ……その、フェリセットの姿が見当たらないのですが」

「え？　フェリセットなら今の今までそこの隅に……いない」

確かにいない。

「そっちのドアから裏庭の方へ出たんじゃないの？」

ドアを開けて外を確認してみたけれど、姿は見えない。

「おいフェリセット！　どこだ？　さっきのことまだ拗《す》ねてるのか？」

裏庭に向けて声をかけてみても、ひび割れた塀が俺の声を跳ね返すだけだった。

「おい！　こんな時にタチの悪い冗談は……」

何者かに襲われた？

でも人の気配はなかった。

それにあの一瞬で誰がどうやってフェリセットを連れ去ることができる？

普通の女の子ならまだしも、フェリセット相手に。

オバケ館《かん》。

その言葉がよぎる。

「まさか……な」

幽霊——オバケ——ゴースト——化け物。

「朔也《さくや》様！」

部屋の中からリリテアが緊迫した様子で俺を呼ぶ。リリテアはさっきまでフェリセットがいた場所を指差していた。

半端にめくり上げられた絨毯《じゅうたん》の下から木目の床が覗《のぞ》いている。

そこに——小さな布の切れ端が落ちていた。

近づいて調べてみる。切れ端は床の継ぎ目の部分に挟まるようにして引っ掛かっていた。

「これは……」

フェリセットの穿《は》いていたスカートの布だ。

布に手を伸ばして引っ張ると、わずかに床の一部が持ち上がった。

「床に扉が……こんなところに」

スカートはここに引っ掛かって千切れたのか。

扉を持ち上げると下に小さな階段が現れた。奥は薄暗い。

「地下室のようですね」

そして下から何か異様な臭いがする。湿ったような、生臭いような。

「フェリセットの奴《やつ》、ここを見つけて勝手に下に降りたのか……？」

「いいえ朔也《さくや》様……そうではございません！」

するとと突然リリテアが俺の肩に手を置き、後ろから身を乗り出して階段の下を指差す。

「フェリセットは何者かに引っ張り込まれたのです！　そうでなければ……あのような！」

「うわああっ！」

そこに転がっている物の正体が何か分かって、俺も思わず声を漏らしていた。

フェリセットの腕だった。

美しい造形をした白い左腕が、陸に打ち上げられた魚みたいに階段の途中に横たわっている。

「フェリセット！」

俺は思わず階段を駆け下りた。

「朔也様！　気をつけて！」

地下への階段は、人一人が通るのがやっとという広さだ。リリテアが上で俺を案じている。

フェリセットの腕の切断面はひどい有様だった。形がひしゃげ、歪《ゆが》み、何か恐ろしい力で捩《ね》じ切《き》られたような状態だ。

少なくとも刃物を使ったようには見えない。

「でも……こんなこと、誰にできるっていうんだ……？」

それもあの一瞬で。

まるで部屋の中で交通事故にでもあったような――。

階段をもう二、三段も降りれば床につく。けれど下は真っ暗で何も見えない。

「フェリセット！　無事なのか！　おい！」

嫌な臭いがさらに濃厚になっている。

ズ――

音がした。鳥肌が立った。

大きく、重く、湿ったナニかが床を這《は》うような音。

日常生活ではまず耳にしないタイプの音だった。

「……くる、な…………」

闇の奥から反応があった。

「フェリセット、いるのか！」

目と耳を凝らして居場所を探る。

「今助ける！　何があった！」

「君は……くるな。こいつ……ナワバリを侵されて……気が立っている」

「なんの話だ。誰かそこにいるのか？　いるんだな？」

「いる……」

「誰だ⁉　まさか母さんなのか⁉　何が目的だ！」

フェリセットの声が俺に告げる。

「さっきから君の足元にいるぞ」

そのありがたい助言が耳に入った瞬間、俺の右の足首が聞いたことのない音を立ててあらぬ方向に折れ曲がった。

言葉にならないほどの激痛。

立っていられない。

天地がひっくり返り、頭を強《した》かに床にぶつけた。

「なんなんだ……！　足が……！」

痛みに体を痙攣《けいれん》させながら目を開くと、不思議な模様をしたガラス玉のようなものが暗闇の中に光っていた。

ようやく見えた。この距離になってようやく、相手の姿が。

「正体……分かったけど……なんで……こんなのがいるんだ？」

「朔也《さくや》様！　ご無事ですか！」

「ワ……ワニだ！　リリテア！　ワニがいる！」

クロコダイルだかアリゲーターだか俺には種類の判別はつかない。

光っていたのは大きな目で、それは俺を獲物と認識して見つめていた。

三メートル、四メートル？

本物のワニとこの距離で対峙《たいじ》したことなんてないから、多分実際以上に大きく感じてしまっているのもあるとは思うけれど——。

「とにかくデカい！」

こっちの声にさらに興奮したのか、ワニは自慢の口を開き、俺の顔目がけて飛び掛かってきた。咄嗟《とっさ》に左腕を犠牲にしてそれを防ぐ。

竹細工を踏みつけた時みたいな嫌な音がして、俺の筋繊維と骨が砕けた。

「な、なんでこんなのがここに……！　フェリセットもこいつに腕を噛《か》まれたのか……！　この……！」

ワニは牙を食い込ませ、俺を闇の奥へ引っ張り込もうとしてくる。命懸けの綱引きだ。

「ワ……ワニの噛む力ってどれくらいだったっけ……。子供の頃テレビで……み、見た気がするんだけど……」

スイカみたいに頭蓋を噛《か》み砕かれるヴィジョンが浮かぶ。

「まずい！　早くなんとかしないと……！」

嫌な死の予感に鳥肌が立つ。

その時――。

「朔也《さくや》様、そのまま、その位置です。動かないでください」

頭上から澄んだ声がした。

「暗闇に遮られてはいますが、朔也様のお声が頼りです」

「――え？」

タンタン、タン――

軽やかなステップの音。

「それを頼りに、リリテアがやりますので」

「リリテア！」

思わず見上げた。

頭上からリリテアが真《ま》っ直《す》ぐこっちに降ってくる。

彼女はそのまま全体重を乗せてワニの頭頂部に膝をめり込ませた。

鈍い音が地下室の壁に反響する。

ワニの口から力が抜け、俺の腕は食いちぎられることなく解放された。

「助かった！」

「まだです。一度狩をしかけた動物はそう簡単に引き下がりはしません。なんとかして心を折り、諦めさせなければ」

リリテアの言う通り、ワニはまだ尻尾を揺らしてこっちを窺《うかが》っている。さすがに一発KOとはいかなかったようだ。

「フェリセット、残った方の手を伸ばせ、今助ける！」

俺はフェリセットを探して闇の奥に手を伸ばし、文字通り闇雲に探った。

「私は平気だ。そいつの咬合《こうごう》力を見誤ったことは認めるが、私は私でどうとでも切り抜けられる」

「強がるな！　いいからさっさと手を伸ばせ！」

「む」

「拾ってってやるから！」

「……もぅ！」

不服そうなフェリセットの声。

ようやく俺の指先に小さな手が触れた。

思いっきり引っ張り寄せると、フェリセットの体が胸の中に飛び込んできた。

受け止めたフェリセットの体は想像していたよりもずっと軽かった。

「軽量化の賜物《たまもの》だな」

相手の流儀に合わせてそう言ってやると、片方の腕がかけたフェリセットはからかうように目を細めて俺の手の甲をつねってきた。

「どこ触ってんの」

食えない奴《やつ》だ。ワニには食われかけたけど。

「朔《さく》也《や》様、急いで上に避難しましょう」

「ああ、リリテアが先に……はっ！」

言いかけて階段を仰ぎ見た時、俺は入り口のところに人が立っているのに気づいた。

足元だけしか見えないが、確かに誰かがそこにいる。

「誰だ……！」

正直これには焦った。もし相手が俺たちを陥れようとしている人物なら、このまま一階に通じる扉を固く閉ざされてしまう可能性もある。

こんな場所で気の立ったワニと同居するなんて絶対にごめんだ。

でも不安は杞憂《きゆう》に終わることになる。

ドサッと上から何かが落とされた。上にいる人物が投げ入れたらしい。

それは丸ごと一匹の鶏だった。皮がきれいに剥《は》がされ、薄ピンクの肉がテラテラ光っている。

「上がりなさい。その子は食事さえ終えればまた穴に戻るから」

謎の人物に促され、俺たちは暗い地下室から脱出した。

フェリセットを抱えて地下から顔を出すと、目の前に下着姿の女性が立っていた。グラマラスな肉体をなんの惜しげもなく晒《さら》している。

「餌の時間にはまだ早いっていうのに……ふぅ……さっきからずいぶん暴れているような物音がするから何かと思えば」

血圧の低そうな少し気だるげな喋《しゃべ》り方《かた》。伏し目がちな表情。背丈は俺と同じくらい。

「また近所の子供たちが忍び込んだのかと思ったけど、見たところそういうわけでもなさそうだ。ふぅ……一体どこのどちら様かな」

ワケありの闖入者《ちんにゅうしゃ》三名を順番に見つめながら言葉を紡いでいた女性だったが、やがて「あ」と気の抜けた声を発した。

遅れてのんびりと俺を指差す。

「朔也だ」

ワニが餌に食らいつく獰猛《どうもう》な音が足元から聞こえてくる。

そして目の前には下着姿の女。

久しぶりの親子の再会としてはあらゆる意味で奇妙なシチュエーションだった。

俺は盛大に嘆息した。

「なんて格好で登場してるんだよ、母さん」

ほら、言うぞ。言うぞ。

「久しぶり。臓物《レバー》、平気になった？」

□

「みんなー！　無事でよかった！」

礼拝堂の左側のドアの奥は居住スペースになっていた。母さんは俺たちを引き連れてそこへ案内してくれたのだが、ゆりうちゃんはそこで俺たちのことを待っていた。

再会するなりゆりうは俺とリリテアとフェリセットをひとまとめにして抱きしめてきた。

「その子、ゆりうちゃんって言うのか。一足先に出くわしたからここで保護しておいたよ。私の顔を見るなり絶叫しそうになったから慌てて口を塞がせてもらったんだけど、元気のいい子だね」

「いやー、お騒がせしました。床の下からすごい音がし始めたから一体何事かと思いましたよう」

「うん、ちょっとワニと揉めて・・」

「師匠、その足大丈夫ですか？」

ゆりうは俺の右足を心配している。

「見た目よりひどくないよ。裾が破れただけ」

実際もうかなり治ってきている。ものすごく痛いけど。

治りかけているといえばフェリセットの腕も大したものだった。

「いつか動物園に行ってみたいかも」

「え、フェリ子ちゃん動物に興味あるの？」

「動物のパワーに興味が出た」

「じゃあ今度あたしが連れてってあげるね。師匠の弟子として！」

フェリセットはさりげなく右手を自分の左腕に添えたままゆりうと会話している。

ゆりうは気づいていないが、一度は噛《か》みちぎられたその腕は、洋服の下で密《ひそ》かにもう癒着が始まっている。

ナノマシンの30％を動員して修理に努めているらしく、一時間もあればまた動くようになるとフェリセットは言っていた。

さっきは暴言を吐いてしまったけれど、やっぱり叡智《えいち》の結晶は伊達《だて》じゃない。

「こんな場所で申し訳ないけど、くつろぐといいよ」

母さんがこんな場所と言ったのはダイニングキッチンらしき部屋だった。

埃《ほこり》を被《かぶ》ったテーブル。その周りにはバラバラの種類の椅子が無造作に並んでいる。いかにも間に合わせで暮らしているという感じだった。

「ここに住み着いて一月、まだ掃除をしたためしがないんだ」

実際、キッチンは片付いているとは言い難《がた》い状況だった。

テーブルの上にも下にも本が積まれ、その隣に食べかけのパンと小銭と口紅が転がっている。

数日は置きっぱなしにしていたであろうくたびれたりんごの向こうには、真新しいビデオカメラが無造作に置いてある。

対して部屋の壁紙は年季が入っていて、かなりの時代を感じる。そして壁には額に収められたモノクロの写真がいくつか飾られていた。

大柄な神父の両脇に女性と小さな子供が並んで写っている。

「その写真、昔ここに住んでいた一家なんだ」

俺の母さん——追月薬杏《おうつきやきょう》はキッチン脇のスツールに腰をかけて足を組む。

「どうでもいいけど母さん、服くらい着ろよ」

「風呂上がりだったんだ。下着だけでも着けていたことを評価して欲しい」

言われてみれば髪の毛がしっとりと濡《ぬ》れている。

息子の俺が言うのはかなり気が引けるけれど、その豊かな髪も、肌も、肉体のラインも、端的に言って驚くほど若々しい。

「変わってないな」

首元に斜めについた古い傷痕も変わっていない。

「朔也《さくや》は大きくなった」

「そんなこと……」

ずるい大人《ひと》だ。なんの溜《た》めもなく息子にそんなことを言うなんて。

でも、そうだ。この人はこういうところのある人だった。

「色々言いたいことはあるけど……あのワニ……一体なんなんだ？　あれは……」

ピシ――

質問の途中で天井のあたりから音がした。家鳴《やな》りだ。

古い建物だもんな。

気を取り直して質問を続ける。

「まさかあれ、母さんが飼ってるのか？」

「そういうわけじゃない。あの子は私がここに来る前から地下に棲《す》みついていた。いわば同居人。神父一家に飼われていたらしいんだけど、取り残されたままになっていたみたい」

「……ワニって飼えるんですか？」

ゆりうが素朴な疑問を口にする。

「ここへ来た次の日に二階の書斎で神父の日誌を見つけた。あれはどうも飼育の許されない種類のワニのようだけど、こっそり飼っていたらしい」

「まさか一家はあいつに食われて」

「それはない。あの子は無関係だよ。神父一家は心中した。しっかり調べたから間違いない。健康や経済的な面での様々な不幸が降り掛かり、やがて彼らは絶望して信仰と命を捨てた」

命を捨てた。

随分と簡単に言う。

「どうも複数の知人友人に騙《だま》されてかなりの借金を背負っていたみたい。神も仏もないとはこのことだね。実際それを肌で感じて神父は神の不在を悟ったんだろう。そして一家がこの世を去った後、残されたあの子は暗い世界でずっと生きていたんだ」

「それであんなに巨大化したのか。でも、ずっとあの狭い地下室に？」

「あそこは寝ぐらに過ぎない。暗くて気づかなかったみたいだが、部屋の隅の壁には穴が空いていて、それは下水道と繋《つな》がってる。彼の散歩道……ふぅ……だよ」

異常なものならなんでもある街。リトル・クーロン。

「でもまさかワニとはね……」

「私も最初はちょっと驚いた。でも案外可愛《かわい》い目をしていたし、かわいそうな境遇でもあったから見逃してた。でも人を襲ったとなると話は別だね。役所に保護してもらおう」

「それがいいよ」

オバケ館《かん》の化け物の正体が判明したところで、母さんがコンロの上のヤカンを指差した。

「コーヒー、どうかな?」

「お構いなく」

「ところで」

「うん?」

「朔也《さくや》、こんなところでなにを?」

ごもっともな質問だ。

□

「というわけなんだ。親父《おやじ》が行方をくらまして、俺も色々あって……それでようやくこうして母さんのところまで辿《たど》り着いたわけで……」

「どうぞ」

母さんは再会を果たしたばかりの息子の話をスルーして、客人に順番にコーヒーを差し出す。

カップを受け取り、リリテアが深くお辞儀をする。

「お気遣いありがとうございます。私は朔也様の助手を務めております、リリテアと申します」

「私は弟子のゆりうです」

「弟子？　リリテアさんの？」

「じゃなくてですね、そっちの、朔也くんの弟子です」

改めてゆりうに朔也くんと呼ばれるとむず痒《がゆ》くて口元が波打つ。

「ゆりうちゃん、今からでも間に合うよ。見たところ君は若い。人生はまだ始まったばかりだ。何にでもなれる。一緒に進路を考え直そうね」

「母さんが心配しなくてもその子は立派な女優さんだよ。なりたいものにもうなってる。というか、俺の話を聞……」

「そうなの？　なら経歴に傷がついたりはしないのかな？」

母さんは真剣にゆりうを心配している。大きなお世話だと言いたいところだけれど、言えない自分もいる。

「私、師匠といろんな経験ができてとっても楽しいんです。ロケで世界中を旅するよりもずっと」

「そう。君は世界を股にかける女の子なんだね」

「いやー、それほどでも。あ、それでこっちの子はフェリちゃんです」

照れ隠しにゆりうがフェリセットの背中をズイと押す。

「うん。初めまして」

「初めまして。私は朔也《さくや》お兄ちゃんの妹です」

「妹？　産んだ覚えのない娘だけど」

「あ！」

母さんの反応を見てゆりうは青い顔をして口を押さえた。

師匠、もしかして私気まずい部分に立ち入っちゃいました？

その顔はそう言っている。

そう言えばゆりうには親父《おやじ》の隠し子ということで話を通していたんだっけ。

仕方なく俺は母さんに近寄ってそっと耳打ちした。

「色々事情があるんだ。この子は俺の妹ってことで匿《かくま》ってる。今はそれで納得しといてくれないかな？」

「うん。納得する」

即答。

その理解の早さ、察しのよさはさすがと言うしかないけれど、同時に適当すぎやしないか？　とも思えてくる。

　昔からそうだったけど、深く考えているのかいないのかよく分からない人だ。

「朔也お兄ちゃんは私をなかなか妹として見てくれない。いつも一人の女としてしか見てくれない」

「妹よなにを言い出すんだい。俺たちゃもう家族、そうだろ？」

　突然不穏当なことを言い出したフェリセットの口を塞ぎ、兄妹《きょうだい》のスキンシップを決行する。これ以上この場と俺の家族関係を引《ひ》っ掻《か》き回そうとしないで欲しい。

「ともかく色々あって、君たちは追月《おうつき》探偵社に身を寄せ合っているということかな」

「身を寄せ合って……はい、そうですね。そうかもしれません」

　その言葉が何か琴線に触れでもしたのか、リリテアは僅かに瞳を震わせた。

「ひと目見て分かる。君、リリテアさんがあの事務所を切り盛りしてくれているんだね。ありがとう」

「い、いえ私はそのような」

「いい目をしてる。きれいな色。ちょっと口、開けてみて」

「え？」

「ほら、あーんして。あーん。うん、虫歯ひとつない。舌のピンク色も健康そのもの。ふう……育ちがいいんだね」

「ふう……君のような人がどうして断也《たつや》さんの事務所なんかに囚《とら》われの身となっているのか、全く理解に苦しむ」

「あの、あの……薬杏様《やきょう》」

「ちょっと母さん！　リリテアに何してんだよ！　あといい加減本題入っていいかなあ？」

リリテアの肩を持って母さんから引き離さずにはいられなかった。

実年齢からかけ離れた若々しさを保つ母さんと、現実世界からかけ離れた美しさを持つリリテア。

客観的に見て二人の麗人が密着して口の中を覗《のぞ》いたり覗かれたりしている様子は、少々アブノーマルすぎて正視に耐えないものがある。

「ごめんリリテア。どうもこの人は昔から好奇心の赴くままに行動しちゃう悪いところがあって……」

「朔也様《さくや》と似ていらっしゃいますね」

「俺は出会い頭に女の子の口内を覗き込むような偏った好奇心は持ち合わせてないつもりだけど」

心外だと顔をしかめると、リリテアは両手の人差し指で自分の顔を差した。

「面差しがでございます」

ああ、そっちか。

それにも個人的にはそれほど同意できなかったけれど、リリテアの仕草が可愛《かわい》らしかったのでどうでもよくなった。

「それで母さん、親父《おやじ》のことなんだけど……」

「あの人の訃報は新聞で読んだ。残念なことだね」

母さんは己の夫の死のニュースに対してあっさりそう言ってのけた。

あまりにあっさり過ぎて拍子抜けしてしまう。

でもここからようやく家・庭・の・話ができそうだ。

「それだけ？」

「愛する夫を喪《うしな》ったと身も世もなく泣き崩れたらよかったかな？　でもそれは無理。死んでいない者を悼むことはできない」

「……母さん、知ってたの？　親父が生きてること」

「その様子だと朔也も気づいていたみたいだね」

「母さんはどうやってそのことを……？　そうか！　やっぱり事故の後、親父の方から何か接触があったんだな？」

「いや、会ってはいない」

「……なら電話？」

「かからない」

興奮気味に詰め寄る俺をひらりとかわし、母さんはタオルで濡髪《ぬれがみ》を拭く。

「それじゃ親父《おやじ》からの伝言なんてものは……？」

「受け取ってないよ。期待に添えなくて悪いんだけど」

母さんの言葉にリリテアが目に見えて肩を落としたのが分かった。でも反応としては俺も大差はない。

これで親父へ繋《つな》がる細い糸が途切れてしまった。

でも、それじゃ親父は一体どういうつもりで母さんのことを持ち出したりしたんだ。

「……あれ？　でも一切接触も連絡もないなら、母さんはどうして親父が生きてるって分かったんだ？」

「断也《たつや》さんの霊魂が私に会いに来ていないから」

「……え？」

一瞬その言葉に理解が追いつかなかった。

「もし死んだなら、あの人は必ず私の前に化けて出るはず。幽霊でも亡霊でも悪霊でも死霊でもなんでもいいけれど、最期に私の顔を一目見てからこの世を去るはず。それをしないで成仏するなんてできっこない。そんな未練を残したまま死ぬなんて絶対にしない」

母さんはそう言った。

低く落ち着いた声で、淀《よど》みなく。

「と……おっしゃいますと……断也様の霊を見ていないからイコール生きているはずだと、そう確信なさっていたということでしょうか？」

「私はそう思ってる」

相手の言葉にリリテアが珍しく動揺している。

正直俺も戸惑いはしていたけれど、リリテアに比べれば随分落ち着いてその言葉を受け止めることができた。

ああ、母さんの言いそうなことだと。

「つまりあなたたち夫婦は今も変わらず深く愛し合ってるってこと？」

面食らっていると、フェリセットが率直な質問をぶつけた。息子の俺からは決してできない質問だ。

可愛《かわい》らしい質問者に目線を合わせると、母さんは両手をオバケみたいに垂らして見せた。

「愛かどうかは分からないけれど、断也さんはまだ私に未練タラタラ」

やっていることはまんま子供をあやすような仕草なのに、その表情には変化らしい変化がない。クールなところはちっとも変わっていない。

「そのようにお考えになるということは、つまり薬杏《やきょう》様は霊魂や天国といったものの存在をお認めになっているということでしょうか？　そして幽霊のようなものを見たり感じたりできると……あ」

そこでリリテアが小さい子供みたいに手のひらを口元に当てた。

話していく中で彼女もようやく気づいた……いや、思い出したらしい。

俺の母親の肩書きがなんだったかを。

「あるよ。魂も天国も」

そう言ってオカルト考古学者、追月《おうつき》薬杏《やきょう》は乾いた髪をかきあげた。

キシ——

古い建物がまた軋《きし》んだ。

二章　男の子ぢゃな

「私の仕事、朔也《さくや》にはまだ見せたことがなかったよね」

そう言って飲み終えたコーヒーカップを流しに置くと、母さんはおもむろにテーブルの上のカメラを指した。

「カメラ。多分礼拝堂でも目にしただろうけれど、あちこちに仕掛けてある」

説明を聞きながら二階の寝室に入る。ベッドにはスプリングの飛び出たマットレス。その向こうには観音開きのレトロな窓が付いている。

外はもうすっかり夜だ。

リトル・クーロンのネオンがかすかに部屋の中を照らし出している。

母さんはあえて部屋の電気をつけず、奥を指差した。

「隅の三脚に取り付けてあるのは赤外線カメラ。暗闇でもくっきり録画。それとは別に動作検知のセンサーも各部屋に取り付けてる」

俺はもちろん、リリテアとフェリセットも説明に釣られて同じ方向を向く。

「覗《のぞ》いてみる？」

母さんは興味を示したフェリセットを手招き、フェリセットの両脇に手を差し入れて小さな体を抱っこした。

カメラのモニターを見せてやっている。

「こんな感じ」

「おー」

科学博物館に見学に来た子供と職員かと言いたくなったけど、余計な口は挟まないでおいた。

「この寝室とリビングには電磁波測定器、イオン測定器、ガウスメーターを常時設置してる」

「この板のようなものは？」

フェリセットがベッド脇にしゃがみ込む。そこには不思議な配列で英語のアルファベットと数字が書かれた板が置かれている。

「それはウィジャボード」

母さんは軋《きし》むベッドに腰をかけ、隣にフェリセットを座らせた。かと思うと肩を震わせて小さなくしゃみをした。

「降霊のための道具だと思ってもらえればいい。今夜はこの館に棲《す》む霊たちに呼びかけようと思っていたんだ」

「この館の霊……ですか？」

「うん。神父一家だよ」

こともなげにゾッとする情報を口にする。

「ひえ」

ゆりうは口元をアヒル口にして、怖がっているような笑っているような、なんとも言えない微妙な表情を作った。

母さんに誘われるままに、続いて俺たちは最初の礼拝堂へ場所を移した。

今なら祭壇や柱に設置されたカメラの意味も分かる。

母さんが足元のコードを操作すると、四隅にひっそりと設置されていた照明がバンと音を立てて稼働し、礼拝堂を照らし出した。

ステンドグラスに浮き上がる聖母が慈悲深い眼差《まなざ》しで俺たちを見下ろしている。

おあつらえ向きの照明。なんだか今からここで難解な舞台劇でもはじまりそうな雰囲気だ。

母さんは慣れた様子で近くの長椅子に座り、足を組む。

ちなみにまだ下着姿のままだ。

「今夜は観測のために禊《みそぎ》で身を清めていたんだけど、皆が訪ねてきたから……予定を変えて……くしゅん」

それでそんな格好してたのか。

「お邪魔してしまったようで……。ところでその、そろそろお洋服をお召しになった方が」

「服……服……すっかり忘れてた」

俺は壁際で黙ったまま二人の会話に耳を傾けていた。

「霊を観測するのにこんなにたくさん道具があるのですね」

「そうだよリリテアさん。熱感知と温度計も欠かせない」

霊の出現と動きを察知する上でどれも必要なものなのだという。

「ですが先ほどの断也《たつや》様の生死に関するお話からすると、薬杏《やきよう》様は霊能力……のような力をお持ちなのではないですか？　だとするなら――」

リリテアが珍しく口ごもる。

幽霊を視《み》る力があるならこんな機材は必要ないのではないかと言いたいのだ。

「ああ、私は視える。昔からね」

母さんはあっさりとそれを肯定した。

「けれど私だけが視えていても意味はないんだよリリテアさん」

話しながらフェリセットの形のいい頭をコロコロ撫《な》でている。

「霊の出現条件を科学的に、論理的に発見し、視えない人たちに共有する。霊魂や妖怪やモンスター、果ては神と呼ばれる存在を証明して世界の理解度を高める。それが私の仕事」

母さんの声はともすれば女優のようにも聞こえる落ち着いた響きを持っている。そのせいもあってなんだかホラー作品の台本読みでも聞いているような気分だった。

「ゴーストは未来からはやってこない。彼らは常に過去から私たちの前に立ち現れる。折重なった時間と魂と思念の地層――私はそこから視えざる世界の遺物――あらゆるオカルトを発掘している」

それが追月薬杏《おうつきやきよう》の理念。

「そのために今日まで私は、この世ならざる存在や超常的なアイテムの噂《うわさ》を追って世界中を飛び回ってきた」

「そして今は偶然この街に滞在していらっしゃったと。薬杏様は大望を抱いて研究に打ち込んでおられるのですね」

「そのために家を出て行ったのか?」

鋭い言葉が暗い寝室に響いた。

おいおい、そんな空気を悪くするような発言をしたのは誰だ? と思ったら、リリテアがハッとした顔で俺を振り返っている。

発言者は俺だった。

思わず口に手を当てそうになる。

まずった。こんなことを言うつもりは全くなかったのに。

つい言ってしまった。

でも言いたい言葉は不快な吐瀉物《としゃぶつ》みたいにまだまだ喉の奥に残っていて、それは意図せず俺の口からこぼれ出ていく。

「母さんの仕事、なんとなくは聞かされてたけど、現場を見せてもらったのは初めてで驚いたよ。はっきり言って驚いた。すごいよ。そりゃ母さんも親父《おやじ》に愛想をつかすわけだ。だってそうだろ? 探偵業とオカルト研究なんて、水と油だ。たとえ密室で誰かが死んでも、幽霊がドロンと現れて祟《たた》り殺し、また煙みたいにその場から消えたなんてことが真相になるなら、もう推理もへったくれもないわけだし。つまり母さんが仕事に打ち込めば打ち込むほど、親父《おやじ》の仕事は無用のものになっていくわけだ。親父が推理すればするほど、母さんの仕事を否定することになるわけだ」

「探偵のこととは無関係だよ朔也《さくや》。それにオカルトと探偵による論理的思考は……」

「母さんの仕事への情熱は理解したよ。でも、かといってはい幽霊の存在を信じますとは言えない。認められないよ。認めたら……認めちゃったら今まで親父が……俺たちがやってきたことが何もかも――」

「都合が悪いから見ないふりをするの？　追求することもせず従来の、探偵たちにとって都合のいい現実にしがみつくの？　論理的でフェアな謎解《と》きとやらのために世界の理《ことわり》に蓋をして見ないふりをするというの？　それが朔也の思う正しい探偵の姿？」

それは親が子に向けるにはちょっとばかり鋭すぎる言葉だ。

「確かに今現在、人類は幽霊や向こう側の世界の存在を証明できていない。あるいは、あるかもしれないという与太《よた》話のレベルがせいぜい。誰もが死ねば灰さようなら――全ては無に帰し、二度とこの世に干渉はできない。皆そう考えている。けれど人類は長い歴史の中で進化を経てきた。地球の裏側の人間と会話をするようになり、空を飛び、あらゆる物事を記録し、共有するようになった。それならば幽霊たちも我々と同じように進化を遂げる可能性だってある。記念写真の背後にわずかに写り込むだけでなく、現世に対して及ぼせる影響が、できることが増えていくことだってないとは言えない。ね？　人の首をその手で実際に絞め殺す幽霊が現れないとは言えない。そうでしょう?」

とめどなく言葉が紡がれていく。けれど母さんの口調が熱を帯びることはない。早口になることも、大声になることもない。

母さんはただ淡々と語る。

「この先の世界で、神秘《オカルト》と論理《ロジック》の境界がなくなっていかないと一体誰に言える?」

沈黙。

決意に満ちた、けれどどこか悲しみを宿した母さんの目。

この居心地の悪さ。この感じ、久しぶりだ。

そう、母さんが家を出て行ったあの日、散々駄々《だだ》をこねて引き止めようとしたあの日の感覚。

「朔也様」

リリテアがまずい空気を察して俺の服の裾を掴《つか》む。

ああ、分かってる。こんなの、よくない。今言うようなことでもない。

「ああ、母さんは立派だよ。それに強い。家族なんて……必要としないくらいに」

好《よ》くない――善くないいんだ。

「さっきも言った。仕事のことは関係ない」

「ああそうか……ごめん母さん。少し考えれば分かることなのに俺、つい仕事のせいにしてた。そうだよな、考えてみれば理由は明白か」

　でも、いいさ。

　もう、言ってしまえ。

「どうやっても死なない不気味な息子のことが重荷になった。愛せなくなった。理由なんてそれで充分――」

　ビシィ――！

　その時、鋭い音が部屋の空気を震わせた。

　ゆりうは短い悲鳴を上げてその場にしゃがみ込み、反対に母さんは椅子から立ち上がった。

「あれは……」

　俺は頭上のステンドグラスに亀裂が入っていることに気づいた。

　さっきまでそんなものは入っていなかったはずだ。

「……今みたいな音、さっきから時々鳴っていたけど、もしかしてこの家、崩れかけてるのか？　家鳴《やな》りっていうんだっけ？」

　フェリセットの無邪気な質問に母さんが答える。

「いいや、これはそういうのとは別物だよ」

「ていうと？」

問い返すフェリセット。母さんは虚空を見つめ、黙っている。

「母？」

「……悪いんだけどもう帰った方がいい。ヘ・ソ・を・曲・げ・て・し・ま・っ・た・ようだから」

「ヘソ？　誰の……？」

今度は階下で何か大きな家具が倒れるような音がした。

「そっか、ワニがまた暴れ出したんですね！」

ゆりうの察しを笑うように続いて今度は部屋の照明が点滅をし始める。

地下室のワニに電気系統をどうこうできるとは思えない。

「母さん……まさかこれ、神父の悪霊の仕業だなんて言うつもりじゃ……」

それは、できれば個人的には認めたくないことだった。

でも母さんはそれにすら首を振った。

「違う。これは昔から私に取り憑いているモ・ノ・の仕業だよ」

俺は耳を疑った。

当たり前だ。

ああそうなんだねなんて、すんなり返せるわけがない。

冗談のつもりか？

それとも何かの比喩？

だって論理的に考えてそんなことが罷《まか》り通《とお》るはずは――。

「とにかくこれ以上ここに長居することはおすすめしない」

「母さん、分かるように言ってくれ。取《と》り憑《つ》いてるって……一体誰が……ナニが……」

そこで母さんは初めて迷うような様子を見せた。

親父《おやじ》のことも、俺との再会にも調子を崩さなかった母さんが。

「母さ……」

言いかけた時、いきなりステンドグラスが割れて飛び散った。

今度はヒビ割れ程度じゃ済まない。粉々だ。

でもそれは見えないナニかの仕業なんかじゃなかった。

「何者ですか！」

リリテアの鋭い声。

人だ。

祭壇の上に人が立っている。

矢継ぎ早に予想外の出来事が起こり、頭が追いつかない。

目の前の状況を飲み込むのに一苦労だ。

でもこれだけははっきりしている。

現れたのは侵入者だ。誰かが窓を突き破ってきた。

点滅する明かりの下にその姿が浮かび上がる。

カラス――?

思わず自分の目を擦《こす》った。

いや、違う、セーラー服だ。

黒いセーラー服姿の少女だ。

その肩には同じく黒い羽織りを羽織っている。その羽織りがまるで羽のように見えたんだ。

しなやかな脚を包むのは滑らかな黒タイツ。

上から下まで徹底して黒装束だ。

けれどそんな中で髪だけは透き通るような白。そして首に巻かれたマフラーは深い朱色をしている。それらが窓から吹き込む夜風に揺れていた。

少女は宵によく似合う冷たい瞳で俺たちを順に見回した。

その目が俺のところでピタリと止まる。

「おった。変若人《おちびと》ぢゃ・・」

落ち着きのある、けれどどこか甘やかな声。

けれどマフラーで隠れていて口元の動きは見えない。

その細い腰には――これにも一瞬我が目を疑ったけれど、鞘《さや》に納まった刀がぶら下がっている。日本刀だ。長刀というのか、それとは別物なのかまでは分からないけれど、模造刀には見えない。

「ゆりうちゃん、こっちへ！」

咄嗟《とっさ》にゆりうを庇《かば》いながら礼拝堂の扉へ走る。けれどそっちは既に通行止めになっていた。

「わわっ！　師匠！　いっぱいいます！　囲まれてますー！」

黒いスーツ姿の男たちが扉の前にずらり。外へ出る経路は既に塞がれていた。

不気味なことに男たちは一人の例外もなく顔に黒子《くろこ》のような被《かぶ》り物《もの》をしていた。面立ちはおろか表情ひとつ読み取れない。

「申し訳ございません。家鳴《やな》りや怪音に気を取られて接近を許してしまいました」

「リリテアの責任じゃないよ」

こんな事態は誰にも予測不可能だ。

いろんなことが重なりすぎて俺自身頭がパンクしそうだ。

「見たことのない連中だな……」

頭をよぎったのはあの七人の中のいずれかの勢力。

「人様の家に土足でなんの用かな」

さすがというからしいというか、母さんはさしたる動揺も見せていない。下着で堂々と

立つ姿がまた妙な勇ましさを演出している。

「まあ、厳密には私の家ではないけれど」

対するセーラー服少女は帯刀していた刀を鞘《さや》ごと抜いて――俺の方を指した。

「我ら烏豪衆《うごうしゆう》、理由《わけ》あってその男を頂戴したい」

「えっと……」

後ろを振り返ってみる。他に誰もいない。

一歩左にずれてみる。刀はバッチリ俺を追尾してきた。

「追月朔也《おうつきさくや》、大人しくこっちへ来い。疾《と》く」

烏豪衆。やっぱり聞いたことがない。

でも母さんはそうでもないみたいだった。

「その真っ黒ないでたち、話に聞いたことがある。もしかして君たちは鴉骸木《あがらぎ》の烏豪ノ衆《うごうのしゆう》か」

母さんの言葉に少女はわずかに意外そうな顔をした。

図星ということだろう。

「やっぱりか。これは珍しい客人だ」

「儂《わし》らを知っているとは。あなたも裏街道を歩く人――というわけぢゃな」

少女が目を細める。そうすると目尻に淡く走らせた紅が一層際立つ。

「あまり話し合いの余地はなさそう」

フェリセットの感想に俺も同意だ。

色々と問いただしたいことはあるけれど、そんな時間は与えてくれないだろう。

時間の余裕があるなら何も窓を突き破って強襲したりせず、最初から玄関をノックすればいいからだ。

それにしても、どうもこの頃あっちこっちから俺にお呼びがかかる。

大人気だ。

悲しいかな、今回もまた嬉《うれ》しいお誘いではなさそうだけど。

「ご足労いただいたところ大変申し訳ないのですが」

睨《にら》み合《あ》う俺と少女の間にリリテアが割って入る。

「朔也様は家庭の事情によりただいま大変お忙しく、ご一緒には参られません。日をお改めください」

「あなたが噂に聞く探偵の助手か。あの鮫《さめ》のアルトラを退けたとか。さぞお強いんぢゃろうな」

「アルトラ……？　それってシャルディナの……」

なんでこの子からその名前が出るんだ？

「この惨美《ざんび》と技比べでもするか？」

そう名乗った少女が一歩踏み出す。

足元に散らばった色鮮やかなステンドグラスの破片がカリッと音を立てる。

「いつまでいらん問答やってんの」

男の声。

振り返ると扉を塞いでいた男たちが綺麗《きれい》に左右に割れて道を作っていた。

そこにさっきまではいなかった長髪の男が立っていた。

「しまった……」

俺は唇を噛《か》んだ。

「し、師匠……面目ないですう」

男は右腕でゆりうを捕らえ、左手で彼女の細い首筋に刃をあてがっていた。

少し目を離した隙にやられた。素早い動きだ。

黒髪の隙間から覗《のぞ》く男の耳にはこれでもかとピアスがつけられていて、見ているだけで背中がゾワッとした。

他の連中とは違って素顔を晒《さら》しているのは、上の立場の人間だからだろうか。

「悠長なことやってんなよ惨美《ざんび》。そんなだからお前は灰被りなんだ。時間ないんだから、とっととそいつ攫《さら》っちゃいな」

「兄上」

惨美が男をそう呼ぶ。

「ほら、追月《おうつき》の息子。これ見える？　分かる？　ご覧の通りかわいいお弟子ちゃんは今にも殺されちゃいそうだ。ジタバタせずに大人しく拉致られな」

「師匠！　言うことなんて聞かなくていいです！　なんか危ない人たちですよ！」

「黙りなよお弟子ちゃん。僕と追月の間に割って入るな」

「その言葉、その言葉、そっくりそのまま蝶々《ちょうちょう》結びにしてお返しします！」

まずいな。

こんな得体も目的も知れない連中に連れていかれるのはごめんだけれど、ゆりうを人質に取られてしまっては強く出られない。

俺一人ならどうとでも無茶《むちゃ》が利くけれど——。

考えながらふとフェリセットの方を見ると、向こうもこっちを見ていた。

そして何を思ったのか左手で小さくグーパーをしてみせた。

何やってんだこんな時に。ふざけてるなら後で叱ってやるからな、と目で訴えかけるとフェリセットはムッとした顔で左腕をぐるぐる回し始めた。

だからなんだよそれは。

……あ。

そういうことか。

勘の鈍い兄でごめん。

俺は決意を込めた眼差《まなざ》しをフェリセットに返す。

二人の意識がリンクする。

俺たちはタイミングを合わせて床を蹴った。

フェリセットが近くの照明を蹴り付ける。

照明の角度が変わり、眩《まばゆ》い光がもろに男を照らした。

「うおっ」

男が一瞬怯《ひる》む。

その一瞬でよかった。俺はゆりうを盾にする男に飛びかかる。

「目眩《めくらま》しでなんとかしようって？　舐《な》めてるね。眩《まぶ》しかろうが暗かろうが僕がこの手をちょっと動かせばこの子は死んじゃうんだよ！」

当然男は俺への攻撃よりも先に手の内のゆりうを絞め上げることを優先する。

けれど男の思惑通りにはいかない。

「な、なんだ？」

フェリセットだ。

小さな手で男の右腕を掴《つか》んでいる。

それは通常では考えられない素早さで、男も周囲の部下らしき男たちも明らかに面食らっていた。

弟子を助けるのに陽動役にしかなれない自分がちょっと情けなかったけれど、とにかく狙い通りだ。

「こっちのお子様が本命？　あのさあ……舐めてるよねー。僕の腕に気安く触ってんじゃねーよ！　そうやってぶら下がっててどうしようってんだ？　すぐにぶん投げて遊園地気分味わわせてや……や……野郎！」

小さな女の子一人、腕に絡まった蜘蛛《くも》の巣でも払うような気持ちでいたんだろう。でも男はフェリセットを振り払うことができなかった。

「この力……僕といい勝負……!?　なんなんだお前……ガキィ！」

この男が何者なのか、俺はまだ何も知らない。けれど向こうだって知らないんだ。自分が相手取っているのが何者であるかを。

両者の力が拮抗《きっこう》している間にゆりうは誰に言われるでもなく男の腕から逃れた。

床に転がりながら俺に手を伸ばしてくる。

「ゆりうちゃん！」

こっちからも手を伸ばした。けれど残念ながら男の周囲に控えていた烏豪衆《うごうしゅう》の連中の方が俺よりもゆりうちゃんに近い。

彼らはほとんど音の聞こえない足運びで彼女を取り囲もうとする。

「わあーん！　こないでー！　くんなー！　ざっけんなー！」

ゆりうが取り繕いを忘れた悲鳴を上げる。

「くそ！　ダメか！」

いっそ玉砕覚悟でビーチフラッグスみたいにゆりう目掛けて飛び込むか。

そう考えた時、一つ不思議なことが起こった。

なぜか男たちがゆりうを目前にして突然足を止めたのだ。

彼らは一定の距離を取ったまま、明らかなためらいを見せている。

まるで転校してきた美少女を遠巻きに見つめるうぶな男子みたいに。

恋する男の子みたいに。

なんなんだ――？

疑問に思う間もなく、その一瞬をついてゆりうが俺の方へ転がってきた。

「師匠！　助かりましたあ！　わんわん！」

「ゆりうちゃん……今……何が」

「それどころじゃないですよ師匠！　リリテアさんが！」

言われて振り返ると祭壇の上ではすでにリリテアとセーラー服少女・惨美《ざんび》が接近して組み合っていた。

さすがだ。

俺とフェリセットは咄嗟《とっさ》にアイコンタクトで反撃の意志を確認しあったけれど、リリテアに関してはその必要すらなかった。俺たちにタイミングを合わせてああして惨美の動きを封じてくれていたんだ。

リリテアの舞踏のような回し蹴りが繰り出される。

惨美はそれを刀の鞘《さや》で受け、力の方向を巧みに逃しつつ、防御の動きを利用して流れるように反撃の肘鉄を放つ。

リリテアはそれを膝でガード。

派手な攻防の後ろで俺はゆりうを引っ張って母さんと合流した。

「さて、なんとかして一旦ここから避難したいところなんだけど」

「師匠、何か考えがあるんですね？」

「……ゆりうちゃんならどうする？」

「何も考えなしだったんですね！　でで、でもオッケーです！　ここは弟子としてあたしが代わりに脳髄を奮いましてー……」

「主人が愚かでも気にしない忠犬――という感じだね」

「母さんはちょっと黙っててくれ」

烏豪衆《うごうしゅう》がジリジリとこっちへ詰め寄ってくる。

一方フェリセットの方は――徐々に押し負け始めていた。

「クハハ！　この嘴《くちばし》の火拾君《かしゅう》に力で張り合おうなんて……君、大まかに言って八千年早いんだよ！」

フェリセットが片膝をつく。俺にはフェリセットが押し負けている理由がすぐに分かった。

「腕がまだ直り切ってないんだ……」

フェリセットは修復中の左腕を庇《かば》っている。そのせいで本来の力が出せていない。

けれどそれを抜きにしてもピアス男の力も見た目に反してものすごかった。

ついにはフェリセットの体を宣言通りに投げ飛ばしてしまった。

その先にいるのは母さんだ。

俺は咄嗟《とっさ》に母さんとゆりうの前に出てフェリセットを受け止めた。

力を殺し切れず、フェリセットともども壁に激突してめり込む。

「ゲウッ！」

あまり文字にしたくない声が出た。

肋骨《ろっこつ》が砕ける感触。

一瞬意識が遠のく。

「朔也《さくや》」

母さんがひどい有様の俺を見下ろしている。

「だ、大丈夫だよ母さん……いつものこと」

かなりの量の血を吐き出しつつ、息子として一応強がっておく。

「朔也、君、死ぬのか？　残機マイナス一？」

フェリセットがギクシャクと体を起こし、俺に囁《ささや》いてくる。

「……まだ死なない。重いからどいてくれ」

「さっきは軽いと言ったのに」

「拗《す》ねるな。乙女かっ」

フェリセットが無事だったのは何よりだけれど、ピンチは依然として続いていた。

メギャッと耳をつんざくような音。リリテアの体が後方に吹き飛んだ。

「勝負の途中で気を散らしたな。そんなに追月《おうつき》朔也の容態が気になったか？」

惨美《ざんび》が長い足を虚空に突き出している。体重を乗せた重い蹴りでリリテアを吹き飛ばしたらしい。

「あいつ、強い……！」

それによって両者の間に距離が生まれた。惨美はそれを見逃さなかった。

彼女は狩に長《た》けた動物のような無駄のない動きで身を翻し、まだ立ち上がれないでいる俺の方へ向かってくる。

彼女はすでに抜刀を終えている。

慌ててフェリセットを押し退《の》けて歯を食いしばる。

ズン――冷たい振動が体を駆け巡る。

遅れて床に広がる鮮血。

痛みに声も出なかった。

惨美《ざんび》の刀が俺の右の手のひらを貫いていた。

手に持っていたスマホごと、後ろの壁に串刺しだ。

「師匠ー！」

俺の代わりにゆりうが存分に悲鳴を上げてくれた。

「それで助けでも呼ぶつもりだったのか？」

大正解。

なかなか鋭い。

「遊びは終《しま》いぢゃ。探偵殿よ、儂《わし》らと共に来い」

「気軽に人を磔《はりつけ》にするな。処刑されるようなことした覚えはないぞ」

「その強がり、男の子ぢゃな」

目を細める惨美の背後で椅子が天井まで跳ね上がり、砕け散る。

リリテアだ。

拳を握りしめて惨美を睨《にら》んでいる。

久々に見る、リリテアの本気の貌《かお》――。

これはいよいよこの教会だけでは収まりきらない乱闘が巻き起こりそうだ。

「お前ら、何が目的だ……？」

問いかけても惨美は答えない。

ここまでの目まぐるしい展開に俺自身状況を掴《つか》むので精一杯だった。

目的も分からないまま襲われるのも、勝ち筋の見えないまま争うのもなかなか辛《つら》いものがある。

けれど、この場においてそんなのはまだ序の口だった。

「う!?　これは……」

「な、なんだあ……？」

やけに周りの男たちがざわついている。

俺はというと手の痛みでそれどころじゃなかったけれど、フェリセットの次の言葉で理解した。

「速報、揺れを感知」

巨大な生き物が地中を這《は》うような感覚。気配――。

「地震だ！」

ズム――

下から突き上げられるような衝撃。

瞬間、礼拝堂が、いやオバケ館《かん》全体が跳ねた。

続く細かい縦揺れ。

「大きい……！　ゆりうちゃん！　伏せて！」

あっという間に天井がひび割れ、破片が落ちてくる。

それなのに、そんな中で母さんだけは平然と部屋の中央に立ち尽くしていた。

「母さん！　何やってんだ！　ひどい地震だ！　体を低くして——」

「違うよ朔也《さくや》。そういうんじゃないんだ、これは。平穏を侵されて彼女が怒っているんだよ」

とうとう天井が大きく崩落し、黒尽《ず》くめの男たちのうちの数人がその下敷きになった。

何が何だか分からない。でも逃げるなら今だ。

「ぐぅ……あああぁぁあ！」

俺の手を串刺しにしている惨美《ざんび》の刀を素手で掴《つか》み、力任せに引き抜く。

噴水のように血液が噴き出た。

いや、噴き出させた。

「貴様……っ！」

目潰しだ。

死んでも死に切れない俺みたいな奴《やつ》にはこういう戦い方もある。

惨美は顔を覆い、俺から一歩距離を取る。

「リリィ！　みんな！　今のうちにここから逃げ……」

そこまでは我ながら結構上手《うま》く立ち回ったと思う。それなりの痛みと代償も支払ったつもりだ。

けれどあと一歩足りなかった。

「もういい。お前は黙りなよ」

ゆりうが目を見開く。

母さんもフェリセットも、そしてリリテアもだ。

皆、俺のことを見上げている。

見上げて……あれ？

俺、なんで宙に浮いてるんだ？

ああ、そうか。俺、ピアス男に刀で首を刎《は》ねられたのか。

胴体から離れた俺の首は天井近くまで跳ね上がっていた。

そしてゆっくりと落下を始める。

スローモーション。

なんだかバスケットのブザービーターみたいだ。

って、こんな時に何考えてんだ俺は。あの娘《こ》ぼくが生首でロングシュート決めたらどんな顔するだろう、じゃないんだよ。

全く、磔《はりつけ》の次はギロチンか。処刑のオンパレードじゃないか。

ピアス男が刀の血を払い、納刀する。

「ちぇ、不測の事態が重なり過ぎた。生かして連れてくつもりだったけどもういい。要は体だけありゃいいんでしょ？　頂いてくよ」

俺の首が床に落ち、視界がグルグル回る。

「みんなー、崩れる前に退散退散ー」

ピアス男の一声を合図に、男たちは負傷者を救出しつつ、統率の取れた動きで部屋から散っていった。

首を失った俺の体も運び出されていく。

おい、ちょっと。

それ、勝手に持っていくなよ。

一応親からもらった大事な体なんだよ。

待てってば……。

最後に一際大きな揺れが起き、部屋の底が抜けた。

みんな、無事なのか？

なんとかしないと……。

でもこんな時に。

ああ、もう——意識が——。

誰かが、俺を呼んで、る。

遠くで……それとも、近くで？

頰《ほお》に柔らかく、温かい何かが触れた気がした。

「朔也《さくや》様……！　朔也！」

三章　蛇の道はヘヴィ

母と子の再会の場に文字通り土足で踏み込んできた彼らは、烏豪衆《うごうしゅう》と呼ばれているのだそうです。

顔を黒頭巾で隠し、そうでない者は腰に刀を携え、まるで不吉を囁《ささや》くカラスのよう。

治まらない揺れの中、襲撃者たちは朔也様の肉体を持ち去ろうとしていました。

「返しなさい！　朔也様の体！」

叫ぶ私に、朔也《さくや》様の首を斬った男はグニャリと微笑《ほほえ》み、言いました。

「大事に使わせてもらうよ」

「何を……！」

「おっとっと、危ない。今度はお弟子ちゃんの首が飛んじゃうよ」

「ゆりう様！」

男は卑劣にも再びゆりう様を捕縛し、飛びかかろうとする私を牽制《けんせい》するように見せつけてきます。

「リリテアさん、ごめーん……。情けないよう……。二度も……一日に二度も人質にされちゃうなんて……！」

「ご覧の通り。僕らの邪魔はしないでよ」

男の目論《もくろ》見通り、私は動くことを封じられてしまいました。

私はただ烏豪衆《うごうしゅう》がゆりう様を人質にしたまま礼拝堂を出ていく様を見送ることしかできませんでした。

最後まで残っていたあの女学生、惨美《ざんび》が去り際にふとこちらを振り返ります。

私は身構えました。去り際に一体どのような鋭い言葉を残してゆくつもりなのかと。

「その……助手さん、見事な腕前ぢゃ。あー……き、機会があればまた……いずれ。うん……いずれ」

消え入りそうな声。やけにヘナヘナと紡がれる口調。少し拍子抜けしてしまいました。

張り詰めていた先ほどまでの雰囲気とはずいぶん違っています。

この少女とは一度拳を交えただけですが、最後の最後でどういう人物なのか分からなくなってしまいました。

やがて惨美が姿を消した後、とうとう耐えきれなくなったかのように教会が崩れ始めました。

「朔也様ぁ！」

円柱が倒れ、扉が完全に塞がれてしまいました。

ああ、どうしよう。

朔也様が、連れて行かれてしまう。

でも、今はこの場を切り抜けないと——。

「リリテア」

焦る私に声をかけたのはフェリセットでした。

見ると彼女はその両手で朔也様の頭部を抱えています。

「朔也の頭と母は私がなんとかしておこう。君は連中を追え」

「ですが……よいのですか？」

「私を誰だと思っている。どうとでもやるさ。それよりも連中の狙いが気になる。朔也の体を持ち去って何をするつもりなのか……。リリテア、君が行って取り戻してこい」

「あなたは……」

告白しますと、正直なところ私は今に至るまで、彼女への警戒を解《と》いてはいませんでした。

差し当たって敵意がないらしいということは朔也《さくや》様から聞いていましたが、それでもその裏には必ず別の思惑があるはずだと。

利害が一致している一時の間だけの仮初《かりそめ》の共同生活だと、そう考えていました。

ですが、もしかするとその認識を少し改めなければいけないのかもしれません。

そんな私の心中が表情から伝わってしまったのでしょうか、フェリセットは私から目を逸《そ》らし、朔也様の頭部を持ち上げて睨《にら》めっこみたいに顔を近づけました。

「兄にはもう少し生きて私を楽しませてもらいたいからな。ほら、そっちの窓からなら出られる」

その一言で私も踏ん切りがつきました。

「……ご無事で」

窓を蹴破って外へ出ると、教会の裏手から黒いバンが立て続けに三台発進していく様子が見えました。

偽装のためでしょう。車体に廃品回収業者を装う社名がプリントされています。

ところで今、彼らはバンの中でこう思っていることでしょう。

やれやれ、思わぬ抵抗にあったものだ。

だが車が発進してしまえばもう追ってはこられまい――と。

みくびられたものです。

「おバカな人たち」

私は足に力を込め、助走をつけて塀に登り、そこから隣家の屋根に飛び移りました。

そうして高度を確保し、バンの行く先を見定めます。

リトル・クーロンに整備された道はほとんどありません。

どこも細く、枝分かれし、夜には露店が立ち並びます。

この街ではそれほどの速度では走行できないはず。

どこへ向かうにせよ、まずは一刻も早くこの街を出ようと考えるでしょう。

となれば向かうは西南。

私は考えながらすでに足を動かしていました。

増築され連なったバラックの屋根を走り、細い道を飛び越えて反対側の一軒家の屋根に移り、通りかかったトラックの荷台を経由してまた次の建物の屋上へ――。

道なりに迂回《うかい》するバンの群れに追いつくため、私は道という道を無視し、一直線に走り抜けました。

捉えた。

三叉《さんさ》の交差点の先端に立つアパートの屋根から全力で跳び、左側から合流してきた最後尾のバンの屋根に着地。すぐに姿勢を低くして取りつくことに成功しました。

考えるよりも早く、体を回転させて側面の窓を蹴り破り、バンの荷台へ飛び込みます。

ですがそこで私は思いも寄らない場面を目撃してしまいました。

「あ」

飛び込んできた私に気づいて最初に声を上げたのは——ゆりう様でした。

バンは全部で三台ですが、最後尾のバンには人質となったゆりう様が乗せられていたようです。

朔也《さくや》様のお体は見当たりませんでしたが、ゆりう様だけでも救えるのであればそれも上々——そう思ったのですが、どうやら私の助けなど必要なかったようです。

バンの中は後部座席が全て取り払われ、広々としています。

そこに黒スーツの男たちが倒れていました。

「あちゃー……見られちゃったか。リリテアさーん、普通あの状況から追いついてくる？」

ゆりう様は呆《あき》れ顔《がお》をしています。その表情は余裕に満ちていました。連れ去られた恐怖に引《ひ》き攣《つ》ってもいなければ、不安に涙ぐんでもいません。

その頬《ほお》には返り血が。

右手には小型の拳銃が。

「これを……全てあなたが？　ゆりう様……あなたは一体」

「テキトーにバンを横転させて逃げちゃおうと思ってたのに、予定が狂ったな」

「質問に答えなさ……危ない！」

詰め寄ろうとした私は、彼女の背後から伸びた白刃に気づきました。

咄嗟《とっさ》に彼女の手を引くと、切っ先が空を切りました。

間一髪、ゆりう様は無事でしたが、髪を結っていたリボンが千切れてしまいました。長い髪がふわりと広がります。

「お弟子ちゃんさあ……何したんだあ!?」

刀を振るったのは助手席に乗っていた男でした。

「いきなり烏豪衆《うごうしゅう》の動きが鈍ったぞ……！　なんだよ……なんなんだよ……毒か？　どんな手品を使ったあ！」

耳に銀色のピアスをたくさんしたあの男です。

「そんな銃まで隠し持ってくれてさあ……部下を一人残らず……好き勝手やってくれたねえ！」

ゆりう様に対して激昂《げきこう》している様子です。

「だいたいさぁ……クソ……なんか、僕まで君のことが……変なんだよ……！　おかしいんだよぉ！　なんで……なんで急に君のことが……こんなに魅力的に思えてきてんだよぉ！」

この時、私には彼が何を言っているのか理解できませんでした。

ただ一つ分かったことは、今私がその手を握っている少女──灰ヶ峰《はいがみね》ゆりうには秘密があるということだけ。

「こんなの……初めてだ……。この感覚……多幸感と切なさ！　この子に嫌われたくないっていう確かな感覚！　ヤバい……！　クソッ！　これはヤバいよ！」

男は何かを振り払うように首を振り、荷台の方へと身を乗り出してきます。

「これはどういうことなのですか。烏豪衆を倒したのもあなたなのですね……？」

私は腕の中に抱きとめたゆりう様を問い詰めました。

「あー……アクション映画に出た時のレッスンが役に立った……とかじゃダメ？」

ゆりう様はあくまでとぼけるおつもりでしたが、目の前の状況を見た後でそんな話は通りません。

「まあ、ダメだよね」

そう言って彼女は肩をすくめる。全くこの場に似つかわしくない仕草です。

「待てよ……そう言えば裏社会の噂《うわさ》で耳にしたことがあるな……。なんだっけ……女……女。聞いたことあるんだよ……絶対に気をつけた方がいい女。うかつに関われない、初恋みたいに良過ぎる女………」

男は連想ゲームのように言葉をつなげ、何か記憶を手繰り寄せようとしています。

「まさかこの現象……オイ！　お前、世界の……恋人——エンプレスだな!?」

男は刀を真っ直《ま》ぐ《す》にゆりう様に突きつける。

「まさかまさかの！　あっはは！　ユリュー・デリンジャーか！　なんでこんなとこに！　そうとは知らずとすんごいのを連れてきちゃってたわけだ！」

ゆりう様は……否定をなさりません。

それどころか——。

「オイ、こんなか弱い美少女になんてモノを突きつけてくれてるんだ。あまりに私のお肌が白くて綺麗《きれい》なんでボクちゃんのバースデーケーキと間違えたのか？　そんな危ないおもちゃ振り回してないで、家に帰ってママに切り分けてもらいな」

普段の彼女からは考えもつかない鋭く、攻撃的で口撃的な言葉が放たれ、私は言葉を失ってしまいました。

「ハ……ハハ！　本性現したな！　オイ！　何があっても車を走らせ続けろよ！」

男は運転席の部下に向けて命じます。

「ルームミラーは見るな！　うかつにそいつの目を見ちゃダメだ！　恋に落ちる！」

車の外で急ブレーキとクラクションの音が鳴り、それはすぐに後方へ遠ざかって行きました。おそらくバンが信号を無視して突っ切ったのでしょう。

「はてさてリリテアさん、どうする？　この狭い車内であの長物とやりあうのはちょっと分が悪そうだけど」

「あなたは……本当に最初の七人《セブン・オールドメン》の……」

「今更とぼけても苦しいから言っちゃうけど、まあ、そういうことになる」

「騙《だま》していたのですね、ゆりう様……いえ、ユリュー・デリンジャー！」

私からの拒絶の念を察知したのか、ゆりう様は拳銃を持ったままのその手を私のうなじに回し、甘えるように言いました。

「隠しごとしてたのは悪かったけどさ、私たち、今まで結構うまくやってきただろう？　だから、もうちょっとだけ師匠には内緒にしといてくれない？　お願いだよ」

「それを私が承知するとお思いですか？」

「思うさ。だってこれは取引だからな」

「取引……？」

「私の正体とリリテアさんの正体。お互いに世間様には言いっこなしってことで、どうかな？　ね？　ヴァンレヒト王国、第二王女リリーズ・ディ・ヴァンレヒト様」

息を呑《の》むことを抑えられませんでした。

ユリュー・デリンジャーは知っている。

私の正体。

過去が――。

封をしたつもりの過去が。

濃密な黒い霧の向こうから節くれだった手を伸ばしてくる。

私の肩に、首に、心臓に――。

どんなに逃げても、その手は追いかけてくる。

過去は執念深いハンター。その歩みは亀みたいにのろいかもしれない。けれどいつか必ず追いついてくる。

「それじゃ決まりね？　それでだけど、今は状況が悪い。無理して師匠にこだわると色々ただじゃすまなくなる。一旦退《ひ》くぞ。私と呼吸を合わせろ。相手をいなして、バンから飛び降りる」

相手の囁《ささや》く声を私はどこか寝物語のように聞いていました。

「聞いてる？」

「聞いています。ですが、つまりそれは」

「今はスタローンも上半身裸で逃げ出すヤバイ状況だし、つまりここはひとつ熱い共闘をってやつ。あひゃひゃ」

ゆりう……いいえ、ユリュー・デリンジャーが私の手の甲にキスをして嬉《うれ》しそうに、愉《たの》しそうに笑う。

幸い私は男が言ったように恋には落ちませんでしたが、けれど何か厄介な罠《わな》には落とされたような心持ちでした。

□

「お待たせしました。ミートソースパスタ、ビッグ焼きそば、それからポテトになりますー」

アルバイトさんでしょうか。店員さんは私と同年代に見受けられました。彼女が慣れた所作で注文の品をテーブルに並べていくのを、ぼうっと眺めていました。

時折離れたレーンでガ・ポ・ーと元気のよい音が響きます。

ボーリングのルールはよく存じませんが、歓声を聞くに高得点が出た様子。

現在レーンを使用しているのは私たちを除けばあちらの社会人のご一行のみです。

「ここ、夜遅くなるとほとんど客足がなくなるんだ。私の密《ひそ》かな憩いの場」

薬杏《やきょう》様はそうおっしゃってドリンクバーのコーヒーをまた一口。

「私、ボーリング場というところは初めてです」

「へえ。リリテアさんの初めて、か」

「薬杏様《やきょう》、そのような言い方は、あまり、その」

いつでも多様なお飲み物が揃《そろ》っており、その利用料金がワンゲームの料金の中に含まれているばかりか全て飲み放題だなんて、素晴らしいサービスだと言わざるを得ません。

フェリセットの席の前には美しい色のメロンソーダが、そして私の前にはうんと甘くしたミルクティが。

けれど今はそのまろやかな飲み物すら喉を通りません。

「本当に……申し訳ありません。朔也様《さくや》を取り戻すことができず……」

「どうしてリリテアさんが謝るのかな。君は悪くない。まんまと体を持っていかれた朔也が悪い」

「ですが……せっかくフェリセットが身を挺《てい》してまで私を送り出してくれたのに、みすみす彼らを取り逃がし……」

「でもあの状況で彼らの車には追いついたんでしょう？　普通はそんなことできないよ。朔也が悪い。リリテアさんはすごい」

「でも私、おバカな人……なんて決め台詞《ぜりふ》まで口にしたんです。意気揚々とリトル・クーロンを駆けたのです。なのに助けられず、情けないです……恥ずかしい」

「私が一応あれの母親だから気を遣ってくれているんだね。ありがとう。でも気にしなくていい。ほら、ミルクティを美味《おい》しそうに飲んでいるところを私に見せて。でも、そうして目に見えて落ち込んでいるリリテアさんも悪くない」

そうです。

結局私は朔也様の肉体を取り戻すことを断念せざるを得ませんでした。

減速したタイミングを見計らってバンから飛び降り、なんとかハートマザー教会へ戻ったのです。

ですが戻った場所にはもう教会は立っていませんでした。

突如襲ったあの揺れによってすっかり倒壊していたのです。

ですがフェリセットのおかげもあって薬杏様はご無事でした。

「ふぅ……私の本と仕事道具……ぺちゃんこだ」

薬杏様は悲しみに暮れながらも、人目を避けるために私たちをこのボーリング場まで連れてきてくださいました。本当に感謝しかございません。

「この店、時々気晴らしにワンゲームやりにくるんだ」

「お一人で？」

「そうだよ。友達がいないからね」

薬杏様は寂しい言葉を寂しくなさそうにおっしゃいます。

ちなみに当然のことながら、今では薬杏様もすっかりお洋服に身を包まれております。

スリットの入った黒いタイトスカートがよくお似合いです。

「この世の全ての人間を無視し尽くしてひたすらボールを転がしていたら、そのうち声をかけてくる男もいなくなった。今では快適。最高スコアは254」

それがすごい数字なのかどうか私には分かりません。

「あの揺れは、なんだったのでしょう？」

不意のこちらの質問に、薬杏様《やきょう》は「この国は地震大国だから」と言いました。けれど私は知っています。あれが地震などではなかったことを。

なぜならあの揺れで倒壊したのはハートマザー教会だけだったからです。右隣も左隣も、付近一帯他の建物にはわずかな被害も出ていなかったのです。

屋根の上の瓦も、八百屋の棚に並べられた野菜も、ただの一つも落ちていなかったのです。

そしてテレビでもネットでも、地震に関する情報は一切報じられていませんでした。教会が丸ごと崩れ去るほどの揺れがあったのにもかかわらず――です。

「自分には何かが取り憑《と》いている。薬杏様はそうおっしゃっていましたね」

「うん。詳しいことは伏せるけれど、子供の頃に授かった。厄介な家柄でね」

思わず唾を飲みました。

この方は何か、私には想像もつかない過去を背負っている――。

「あれは、その何者かが引き起こしたと……？」

「だとして、君はそれを信じる？　私には現状、私以外にそのことを証明する手立てがない。たとえ世間にありのままを話したところで、昨夜はなんだか不可思議な地震があったらしいねと片付けられておしまいだよ」

それはある意味で世に起こる超常現象全てに言えることでした。

視《み》える人には視える。視えない人には視えない。

幽霊も妖怪もモンスターも、UMAもUFOもオーパーツも、神も仏も天使さえ、いると主張する人にとってはいる。いないと言う人にとってはいない。

現実に説明のつかない事象は多く記録されている。

けれど決定的には証明されていない。同時に確定的に否定されてもいない。

今薬杏様と二人、このボーリング場でいくら議論し、討論し、口論したところで答えの出るものではないでしょう。

私は追求することをやめにし、もっと実際的な質問をすることにしました。

「烏豪衆《うごうしゅう》……あれは、どういった人たちなのでしょうか」

月並みな質問ですがこれは実際かなり実際的です。そしてお洋服用のクリーンブラシと同じくらい実用的。

「薬杏様は何かご存知《ぞんじ》のようでしたが」

薬杏様は悩ましく椅子に背を預け、タバコのヤニのついた天井を見上げています。

「あれは鴉骸木《あがらぎ》一族」

「あがらぎ」

薬杏《やきょう》様はわざわざその漢字について説明をしてくださいましたが、なかなかに難解でした。

「この国の裏側で連綿と仕事をし続けてきた探偵一族だよ」

「探偵一族……でございますか」

探偵と一族。少し珍奇な取り合わせの言葉です。

「代々探偵を家業としている。鎌倉時代には守護人奉行の見えざる腕として、江戸期には裏・岡《おか》っ引《ぴ》きとして江戸の事件を秘密裏に解決してきた。そして明治中頃には探偵と名を変え、表の機関の手に余る不条理な事件を力で解決してきた。探偵と名乗りつつ彼らは法に縛られない。依頼を受ければ標的をとことん調べ上げ、必要なら罰を下す。いわば仕事人だ」

「そのような一族がいたのですね……」

「彼らの仕事は主に政治絡みの依頼が多く、公にはされないことが多い。その分お偉方の秘密の情報も色々と握っている」

歴史には記されていない古い一族なのだと薬杏様は教えてくださいました。

「直接対峙《たいじ》したことはなかったけれど、この時代でもまだあんなに大勢いたんだ」

薬杏様はどこか感心すらしている様子です。

「彼ら一人一人が探偵なのですか？」

「いいや。鴉骸木一族に探偵はいない」

一瞬、私はその言葉の意味を測りかねました。

探偵一族なのに探偵がいないとはどういうことなのでしょうか。

「なぜなら鴉骸木は一族全体で一つの探偵だからだ。人間は細胞それ一つではヒトとは言われない。寄り集まって一つになって初めてヒトとなるでしょう？　それと同じことだよ」

「鴉骸木一族全体で、一人の探偵……でございますか」

「そう。役割分担。チームプレー。右腕がいて、左腕がいて……いや、連中の間では嘴《くちばし》とか羽って言葉で表現しているんだったか。彼らは一人一人が役割を担って依頼を処理する。その中にあって烏豪衆《うごうしゆう》は下っ端の実働部隊というところかな」

ようやく最初の質問の答えが返ってきました。

「顔を隠していないのがいたでしょ？　多分あれは一族の中でも本家の人間だ」

「あの女性と、朔也《さくや》様の首を斬った男ですね」

「そう。別格扱いらしい」

「でも、そんな一族がなぜ朔也様を狙ってきたのでしょう。彼らが探偵一族であるならば、やはり何者かに依頼されて朔也様の命を狙ったのでしょうか？」

「それはなんとも言えない。心当たりがあるとすれば、ふぅ……あの人——だけど」

「……断也《たつや》様、ですか？」

「私もそこまで知らないけれど、鴉骸木《あがらぎ》一族は追月《おうつき》断也に強い敵対心を抱いていたみたい。断也さん、敵も味方も作りやすい人だから。そもそも商売敵だし」

ドム。

音がしました。今度は私たちのレーンからです。見ればフェリセットが子供用のボールをピンに向かって放ったところでした。

カラフルで可愛《かわい》らしいボールは最初真《ま》っ直《す》ぐピンへ転がっていきましたが、途中で右へカーブし、溝へ吸い込まれていきました。ガターというのだそうです。

その結果に納得がいかないのか、フェリセットは自らの右手をグーパーさせながら首を傾《かし》げています。ボーリングという競技は思いの外奥が深いようです。

「リリテアさん、初めてという割にマイボールとは気合が入っているね」

薬杏《やきょう》様が私の膝の上の黒いバッグに目を向けています。

それは急いで教会を出る際に薬杏様からお借りしたもので、ボーリングに使用するボールを入れて持ち運ぶためのものです。

「からかわないでください」

嫌がる私を見て薬杏様は「ごめんね」と優しくおっしゃいます。大人の余裕です。

きっと今の冗談も、こちらの気持ちをほぐそうとしてあえておっしゃったのでしょう。

「さて、差し当たってこれから何をするべきか、だけれど」

「朔也《さくや》様を取り戻します」

間を置かぬ私の返答に薬杏様は一瞬口を閉ざしました。

「鴉骸木一族を追うと?」

「私はそのつもりです」

「いい返事。でもそれは簡単じゃない」

「分かっています。ですが……」

「思い詰めすぎないことだよリリテアさん。まずは作戦会議と行こう。そういえばあの子は? ゆりうちゃん」

「……お手洗いに行くと言っていました」

「そう。ずいぶん怖い目にあったようだし、一緒に後で慰めてあげよう」

「そう……ですね。あの……私もその、お手洗いに」

話題が少し逸《そ》れたことをきっかけに私は席を立ち、入り口横にある化粧室へ向かいました。

もちろん、妙なことをしていないか様子を窺《うかが》うために。

ですが中には誰もいません。

個室も空です。てっきりここだと思ったのですが。

誰もいないと分かると、張り詰めていた緊張の糸が急激に緩みました。

私は化粧台の前で鏡を見つめながら、先ほど思考を中断した仮定に改めて考えを巡らせました。

取り戻す。

絶対に。

でも、もし私の想像を超える何かが待ち受けていたら？

鴉骸木《あがらぎ》一族の狙いは？　朔也《さくや》様をどうするつもりなのでしょう？

ひょっとしたらもう、このまま二度と朔也と……。

この短い時間の間に様々なことが起き、様々な情報がもたらされました。

今は余計な仮定を考えず、朔也様の行方を探すことに注力しなければならない。

やるべきこと、なすべきことに集中しなければ……いけないのに——隙間から入り込んでくる蟲《むし》のように、不安が私の心を引《ひ》っ掻《か》いて止《や》みません。

「朔也……私……」

「お姫様って弱気な表情もできるんだ」

顔を上げると、化粧室のドアの前に彼女が立っていました。鏡越しに目が合います。

不覚です。

よりにもよってゆりう様……いえ、この者に見られてしまうなんて。

「ユリュー・デリンジャー……悪趣味な人」

「怖い怖い」

そう言ってこちらを揶揄《からか》うその口調も表情も、いつもの彼女そのものです。でも、私はもう知っている。

それらが何もかも全て紛《まが》い物《もの》であることを。

姿形は何も変わっていません。ですが、別物なのです。

「お手洗いではなかったのですか」

「ちょっと外で風に当たってたんだよ。隣のホルモン屋の匂いと排気ガスとスモッグの混ざり合った夜風。愛すべきカオスな人間社会って感じでサイコー」

最初の七人《セブン・オールドメン》の一人。

世界の恋人《エンプレス》。

懲役999年の女、灰ヶ峰《はいがみね》ゆりう――改めユリュー・デリンジャーが背後で微笑《ほほえ》んでいます。

「姫、そう落ち込むなって。師匠のことは改めて取り戻しに行けばいいんだから」

「気安く肩に手を回さないでください。そして私は姫ではありません」

羽根の一枚欠けた古い換気扇がカラカラ回っています。

その隙間からサイレンの音が滑り込んできます。

緊急車両が倒・壊・したハートマザー教会跡へと急行しているようです。

「ピリピリするなって。お互い無事に烏豪衆《うごうしゅう》のバンから脱出できたんだし、上々じゃないか。山椒《さんしょう》か？　あのピアス男も怒りまくってはいたけど、目的は師匠なんだ。わざわざ引き返して私たちを追ってきたりしないさ」

「そのようなことは心配しておりません。むしろ向こうから来てくださるのであれば好都合です」

そうすれば朔也《さくや》様を持ち去った場所を聞き出すこともできます。

「お、もしかしてもう奪還作戦考案中？」

「考えていたとして、あなたに教えるとでも？」

「だから私の正体を黙・し・て騙《だま》してたのは悪かったったって」

「最初から私たちに近づくことが目的だったのですか？　クィーン・アイリィ号で初めて会った時から……」

「それはまあ……そんなとこ、かな？　追月断也《おうつきたつや》の息子ってどんななのかなーって」

「では朔也様の不死のことも……」

「情報としては知ってたよ。蛇の道はへ・ヴィ・ってことで」

その軽薄な物腰が私には許し難《がた》いものとして映ります。

「さすがにこの目で見るまでは信じてなかったけど、飛行機事故と豪華客船沈没に巻き込まれてそれでも生還されちゃ信じるしかない」

「ずっと……ずっと騙していた……。見抜けなかったなんて、不覚」

「落ち込むことないさ。こっちは騙しのプロみたいなもんなんだから。その代わり私は一対一《イマン》じゃリリテアさんには勝てない。ジャンケンみたいにバランス取れてるだろう？」

「……だと…………ってたのに」

「え？　なんて？」

「お友達だと……思ってたのに……」

「わわあ！　涙ぁ!?　イ、イノセントすぎる！　リリテアさん！　結婚しよう！」

「ぐす……なんですかあなたは！　軽薄です！　離れなさい！」

またもや不覚です。

私は自分が思うよりも傷ついていたみたいです。

そのことに気づいてまたショックを受けています。

「はっ！　危ない危ない。逆にこの私が落とされるところだった。リリテアさーん、とんだ魔性の女だね」

「うるさい黙りなさいっ」

「邪険にしなくてもいいじゃないか。お互いもう取り繕う必要もないんだし気楽に行こう。

んで、また今まで通りお友達ってことでさ…………いや、ちょっと待った」

散々ふざけていたユリューが突然低い声を出しました。

一秒遅れて私も気づきました。

「囲まれてる」

「はい」

私たちはお互いに声をひそめて化粧室のドアをわずかに開けてホールの様子を窺《うかが》いました。

「エレベーターホールに数人。非常階段を登ってくる音も聞こえる」

「まさか烏豪衆《うごうしゅう》？　時間差で戻ってきたのでしょうか」

「いいや違うな。靴の種類が違う」

「音で聞き分けたのですか？」

「経験の中で培った危機回避能力の一種だよ」

言いながらユリューは私の目尻を親指の腹で拭ってきます。

「何者でしょう？」

「ここで考えてたって仕方ない。行こう。フェリ子とお母様が心配、なんだろ？」

拭き取った涙をペロリと舐《な》め、ユリューがドアから出て行きます。

私も遅れまいとその後を追いました。

クビナシ・
オーヴァドライブ

KILLED AGAIN, MR. DETECTIVE.

一章　遅いのよ

黒鳥が空を行き交う。
若い鹿の肝みたいに真っ赤な空を何十、何百と。
鳥たちが羽ばたく度に、互いの翼を擦《こす》れ合わせる度に、黒い羽根が降ってくる。
それが花咲き乱れる庭に積もって、積もって、全てをおとぎ話みたいにしていた。
そんな庭先に真っ白な女の子がぽつんと一人。
髪も肌も羽織った着物も白い。
胸元にぎゅっと抱くのは古びた本――シャーロック・ホームズ『緋色《ひいろ》の研究』。
空を見上げていた女の子がふとこちらに気づく。
笑顔を咲かせ、走り寄ってくる。
ああ、こけた。
泣き出した。
慌てて助け起こす。
まだ泣いている。
全く、世話のかかる妹だ。

「鴉骸木《あがらぎ》の娘なら、強くならなきゃダメだぞ。惨美《ざんび》」

□

「……やはり本家へ戻ってからの方がよかったんじゃないか？」

「言うな。それではどうやっても間に合わなかっただろう。やむを得ないことだったんだ」

「そうだな……惨美様が判断し、我らはそれに従った。あとは祈るだけか」

目覚めたのは硬いベッドの上だった。

俺は確か……そう、あの教会の礼拝堂で首を斬られて、それから――。

横になったまま、目だけを動かす。

知らない部屋。

ここ、どこだ？

凝った壁紙と洒落《しやれ》たソファ。ドアの横には高そうな木製のポールハンガーもある。

俺が今横になっているのは簡易的な仮眠用のベッドのようだ。

部屋の明かりは消されている。代わりにソファの脇にある卓上ランプが柔らかく灯《とも》っている。

窓には落ち着いた色のブラインドが降りていて、外の景色は見えない。ただ僅かな隙間から赤い光が入り込んでいるのが分かった。信号機の赤い光だろう。
光の角度から言ってここは二階か、三階らしい。
指先でそっと喉をさする。
それにしても本当に酷《ひど》い目にあった。
生きたままバッサリ首をちょん切られるなんてことはそう多くの人ができない経験だと
は思うけれど、あれを言葉で表現するのはちょっと難しい。
意外と痛みはない。脳がそれを拒否しているんだろう。
それに恐怖もそれほどない。
けれどその代わりに——なんて言うか、とにかく切ないんだ。
自分自身と縁が切れるような切なさだ。
でもそれはこうして生き返ったからこそ出てくる感想だ。
小さく咳《せき》を一つ。
とりあえず首は問題なく繋《つな》がっているらしい。
そんなことを考えていると、隣で「おお」とちょっとしたどよめきが起こった。
「お目覚めになられたぞ！」
「ほ、本当に生き返ったのか……？」
よく見るとベッド横に男が三人立っていて、じっとこっちを見ていた。

朦朧《もうろう》とした意識の中で耳にしたひそひそ話はこの男たちの声だったらしい。

頭巾を外してはいるが、服装から見るに教会に押し入ってきた烏豪衆《うごうしゅう》の中にいた人物たちだろう。

彼らは揃《そろ》ってなんとも言えない表情を浮かべている。

歓喜と畏怖が入り混じったような微妙な表情だ。

はて——と思う。

あの時、俺の体の方は烏豪衆に持ち去られてしまったように見えたけど、こうして無事に生き返ったということは、頭と体は元通りにくっついたということになる。

ということは、俺が死んだ後色々あって結局首の方も奪われたということか。

俺は警戒しつつゆっくり体を起こし、両手を動かしてみた。

グー、パー、グー、パー。キツネ。

うん、思い通りに動く。

形も感触も何もかも、間違いなく追月朔也《おうつきさくや》の体だ。

一体何が目的だ？

一通り確認を終え、そう尋ねようとしたとき男たちが揃ってその場に膝をついた。

何のつもりだ？

これには正直かなり戸惑った。

なぜって、それはどう見ても平伏のポーズだったからだ。

「我ら一同、お戻りを心待ちにしておりました」

「……は？」

心待ち？　ワケが分からない。

「なんの……話だ？」

その声は自分で発したにもかかわらず、まるで別人のもののように聞こえた。首の傷がまだ完全に治っていないらしい。

「まだ混乱されているご様子。無理もない」

「おい、すぐに本家に連絡だ。火拾《かしゅう》様は？」

「都内観光に行くと……」

「すぐにお知らせしろ」

男たちは戸惑う俺を無視して何やら話を進めている。

「では惨美《ざんび》様はいずこに？」

「近所のコンビニに興味を示されて、先ほどウキウキしながら出かけていかれたぞ。眠りからお目覚めになられたら一緒にお菓子を食べるのだとおっしゃって」

「お……お可愛《かわい》すぎる……」

「同感だ。では我らで直接お知らせしに行こう！」

「そうだな！　しばしこちらでお待ちを！」

最後に俺に一声かけると、男たちは慌ただしく部屋を出て行ってしまった。

一人取り残されてしまった。

疑問符を抱えながらベッドを降りる。

攫《さら》った人間を残して見張りも置かず、鍵もかけずに出ていくなんて。

逃げられるとは思わないのか？

俺は彼らに連れ去られ、どこかに監禁されてた……はずなんだけど、違うのかな？

彼らの態度も不可解だ。

今の会話から察するに烏豪衆《うごうしゅう》は俺が生き返るのを待ち焦がれていた様子だった。

いきなり襲ってきて首を斬ったのはそっちなのに、どういう理屈だ？

それに、彼らはどうも俺の体質のことを知っているらしい。まともな集団ではなさそうだし、裏社会の情報網から俺のことを知ったのか――。

まあ、難しいことは後で考えよう。

せっかく目を離してくれたんだ、今のうちにここから退散させてもらおう。

俺は物音を立てないように窓に近づくとブラインドを上げた。

男たちが出て行ったドアから同じように出てもいいけれど、他の人間と鉢合わせないとも限らない。

窓を開けるとそこは地上三階だった。

外は夜、小雨が降っている。

「す、滑りやすいな……」

雨樋《あまどい》を利用して下へ降りる。

下は車一台通るのがやっとというほど狭い路地だった。

振り返って見上げると、俺がいた三階の窓には九楼探偵事務所の文字が躍っていた。九楼と書いてくろうと読むらしい。

探偵事務所だったのか。どうりでそれっぽい内装だと思った。

となると相手は同じ探偵？

いや――ここは鴉骸木《あがらぎ》一族の拠点の一つで、探偵事務所の看板はあくまでカムフラージュに過ぎない。

「……ん？」

カムフラージュ？

俺、なんでそんなこと知ってるんだ？

左右にも同じような雑居ビルが連なっている。

ここはどのあたりなんだろう？

用心してその場から離れ、適当な電信柱の住所表示を確認する。

そこには新宿と書いてあった。

世界の果てにでも連れてこられたような気分だったけれど、見知った土地で安心した。

まずはリリテアに連絡を……しまった。

スマホは惨美《ざんび》に壊されたんだっけ。

駅を目指しながらポケットを探る。財布も見当たらない。あの乱闘の中でどこかに落としたのか、烏豪衆《うごうしゅう》に奪われたのか。

どうしよう。俺、無一文だ。

電車かバスにでも駆け込むつもりだったけれど、本当にどうしよう。

ふと目の前にコンビニが見えた。店先に緑色の公衆電話が一台。

けれど電話をかける小銭もない。

慌てて悪あがきみたいに自分の全身を弄《いじ》る。

でも、仮にお金が出てきたとして、そらで覚えている番号なんて自宅くらいしかない。

あの状況からリリテアが何もせず大人しく事務所に戻るなんてことはまずないだろうから、たとえ人に金を無心して掛けても留守電に切り替わるだけだろう。

けれど、そんな手詰まりの俺の指先に触れるものがあった。

「ん……？　あ！」

思い当たる節があった。

出てきたのは壊されたはずのスマホ。

いや違う。これは俺のじゃない。

大富豪怪盗《セレブリティ》――シャルディナ・インフェリシャス。

いつだったか彼女から押し付けられた、シャルディナ直通のスマートフォンだ。

まさか烏豪衆に奪われも壊されもせず残っているなんて。

教会で俺のスマホを破壊したことで油断して見落としたのか。

とにかく助かった。これで連絡が取れる。

俺はコンビニの脇に身を潜めて、飛びつくようにスマホの画面に触れた。

けれど期待はあっという間に失望に変わった。

そのスマホは通常の電話の機能がついていなかった。

いや、機能自体はある。でもそこに登録されているのはシャルディナただ一人だけだった。

直接他の番号を打ち込むこともできないように違法改造されている。

シャルの電話を使ってシャル以外に連絡することは許さないわ――という彼女らしい主張が伝わってくるようだ。

当てが外れて項垂《うなだ》れていると、ふいにコンビニの自動ドアが開いて中から女子高生が出てきた。

惨美《ざんび》だった。

「げ」

慌てて口を押さえてゴミ箱の陰に身を隠す。

なんでここに……いや、そう言えばさっき部下の一人がコンビニがどうとか言ってたっけ。

流石《さすが》に今は腰に刀をぶら下げたりしていないが、代わりに惨美はその手にレジ袋をぶら下げている。

惨美は店の前でおもむろにレジ袋をまさぐり、中からある物を取り出した。

立ち上る湯気。ほかほか。

中華まんだ。

そして惨美は赤いマフラーを外す。

美しい相貌があらわとなる。

俺はその時初めて惨美の顔の全貌を目撃したわけだけれど、それを物陰から目にした瞬間、俺の中に不思議な感情が湧き上がった。

美人を見てドキドキしたとか、いやいやうちのリリテアには一歩及びませんなとかそういうことじゃない。

どう表現したものか……そう、懐かしいと愛らしいの中間くらいの感情だ。

その正体が自分でも分からなくて戸惑う。

感情の対処がうまくいかない。

「これが都会のコンビニエンスストア……すごいのう……まるで玉手箱ぢゃ」

そんな俺にも気づかず、惨美は背筋をピンと伸ばした美しい姿勢で中華まんにかぶりつく。

そして繰り出される独り言。

「あ……あふ《熱》……甘《あま》……」

餡《あん》まんだ。

「甘……旨《うま》……もう一個は、後で兄様と一緒に食べるぞ」

俺の手のひらを容赦なく串刺しにしたあの女と同一人物とは思えない緩みっぷりだ。

「惨美様！　惨美様！　探しましたよ！」

と、そこへさっきの男たちが駆けつけてきた。

「無事お目覚めになられました！」

「さあ、こちらへ！」

部下たちに急《せ》かされ、餡まんを頬張《ほおば》ったまま「熱、甘」を連呼しながら事務所の方へ駆けていく惨美。

それを見送ってから俺は慌てて彼らとは正反対の方向へ走った。

まずい。連中が事務所へ戻れば俺が逃げ出したことがバレる。他に何人仲間がいるのか分からないが、手分けしてこの辺りを探されると厄介だ。

コンビニ店内の時計をチラッと見た限り、ハートマザー教会で襲撃されてからまだ二時間と経《た》っていない。

そんな短時間じゃいくらリリテアたちでも俺の居場所を特定して助けに来るなんてことは無理だ。

ならいっそ近くの交番にでも駆け込もうか——。

でもいきなり交番に飛び込んでなんて言う？

黒尽《ず》くめの集団に追われているんです。首もちょん切られました。あいつら全員逮捕してくださいとでも言うのか？

それはいくら何でも荒唐無稽すぎて門前払いだろう。

いや待てよ。確かにその案はナンセンスだけれど交番というのは悪くない。

財布を落としたと言えば電車賃くらいは貸してもらえるかもしれない。

よし、最寄りの交番は………どこだ？

土地勘がなさすぎて全然分からない。

俺はさっきから何度期待と失望を繰り返せば気がすむんだ。

シャルディナ直通スマホを振り回して一人駄々《だだ》を踏む。

その時、出し抜けにスマホからヘンテコな音が鳴った。

「なんだ……？」

ゲームの効果音みたいな音だった。

無理矢理《むりやり》言葉にすると「シャルーン」。

どうも指が画面のどこかに触れてしまったらしい。

慌ててミュート設定にして画面を覗《のぞ》き込《こ》むと、何かのアプリが立ち上がっていることが分かった。

それに見覚えがあった。

画面いっぱいに広がる地図。

以前地中海へ行った時にも使った、シャルディナの現在位置が分かる超極秘アプリだ。

と言っても俺の任意でシャルディナの場所を知ることはできない。アプリが起動するのは、シャルディナが自分の情報を発信したときだけ。

「シャル、今ここにいるわ」と向こうが教える意思がある時にだけ、彼女のアイコンが現れ、点滅するのだ。

そしてそんなアプリが今は起動している。

よく見ると、画面の地図上にデフォルメされたシャルディナの顔が表示されていた。

あいつ、こんな時になんだ……？

こっちの予定や事情なんてお構いなしでパーティにでも呼びつけようとしているんだろうか。正直今は対応している余裕がない。

訝《いぶか》りながらもアプリを閉じようとして、俺はふと手を止めた。

「……あれ？」

よく見ると表示されているのは新宿一帯の地図だった。

というか、もろドンピシャでこの近くだ。

俺の現在地からシャルディナのアイコンが指す場所まで、距離にして二百メートルもない。

「近……え？」

どういうこと？

車のナビも時々不具合が起きると聞いたことがある。これもアプリのバグだろうか？

首を傾《かし》げながら、引き寄せられるようにアイコンの示す場所を目指す。

そうして辿《たど》り着《つ》いたのはパチンコの換金所横のコインランドリー。

まさかな……。

そう思いながら目を凝らすと、ランドリーの外のジメジメしたスペースに、膝を抱えてうずくまっている少女がいた。

こっちに背を向ける形になっていて、顔はまだ見えない。

でも、確認するまでもなく俺には誰だか分かった。

だけど一応念のための確認作業をしておこう。

そっと背後から近づき、声を掛ける。

「こんなところで何やってるんだ？」

「きゃあぁぁぁッ⁉」

すぐさま悲鳴が返ってきた。

「だ、誰よ！　いきなり背後に立つなんて失礼だわ！」

ああ、やっぱりシャルディナだ。


その通りはお世辞にも品行方正、清潔、安心安全とは言い難《がた》い場所だった。

キャッチの男の大声、あらゆるカップルを吸い込み吐き出すラブホテル、少し離れたところでは酔っ払いが自動販売機相手に喧嘩《けんか》を売っている。

そんな活力と風俗と生活感溢《あふ》れる場所の片隅にそいつはいた。

間違いない。それは他ならぬシャルディナ・インフェリシャスその人だった。

にもかかわらず、俺は重ねて確認せずにはいられなかった。

「お前……シャル、だよな？」

改めて見てもやっぱりシャルディナだ。

けれどその服装はいつもの自信と気品と資産に満ち溢《あふ》れたドレスじゃなかった。

代わりに着ているのは桃色のパーカーだ。それもかなりのオーバーサイズで、太ももの辺りまでそれ一着で覆い隠している。

小さな足の先に引っ掛けるようにして履いているのは便所サンダルだ。いつだったか俺が履かせてやった高級そうなヒールとは似ても似つかない。

「あなた……」

いつも完璧にブローされ、抜かりなく梳《と》かされていたその髪も今はボサつき、愛らしくも挑戦的だった目元は……わずかに赤く腫れていた。

「お前泣いてたのか?」

指摘されたシャルディナは慌ててパーカーの袖で目元を拭い、警戒心丸出しの視線をこちらに向けてくる。

やがてシャルディナは気位の高い小動物のような動きで俺から距離を取り、こう言った。

「あなた…………誰よ?」

友達に対し初対面のような扱いをしてみせるオーソドックスなジョークだ。近頃では愛のあるイジリとも言う。

いや、シャルディナとは友達でもないいし、愛もないだろうけれど。

「そういうのいいから。それより事情を……」

「気安く話しかけないでくださる？　なぜシャルのことを知っているの？」

「いやいや……だから見えすいた冗談はやめろって。どういうことだ？　なんでお前がこんなとこにいるんだ？　それにその格好……」

「……何が冗談よ。どこの誰だか知らないけれどあっちへ行きなさい。今なら許してあげなくもないわ」

　一歩近づくと、シャルディナがキュっと身を固くしたのが分かった。

「どこの誰って……俺だよ。俺俺！　まさか記憶喪失にでもなったのか……？」

　そう言えばまだ俺の喉の調子は治っていない。そうか、いつもと違う声だから分からなかったんだな。

　俺は自分の顔を指差しながらさらに近づいた。

「ほら、朔也《さくや》だよ！」

「は？　ふざけないで。朔也ですって？　自分の顔をよく見てみなさいよ。似ても似つかない・ないじゃない」

　シャルディナは眉を吊《つ》り上げて自分の頭の上を指差した。俺は釣られて顔を上げた。

　そこにはランドリーのガラス窓が並んでいる。

「…………え？」

「あなた、朔也の顔見知りか何か？」

そこへきてようやく俺はシャルディナが俺をからかっているわけでも、記憶喪失になっているわけでもないことを悟った。

ガラスに反射して映っている自分の顔を見て、俺は叫ばずにはいられなかった。

「だ……誰だこいつ!?」

そこには見知らぬ男が映っていた。

俺は思わず自分の顔を両手で触りながらその場でよろけた。

「え？　え……？　なんだこれ？　なんだこの顔！」

シャルディナは同じ場所にちょこんと座り込んだまま、混乱している俺をジトっとした目で見ている。完全にヤバい奴《やつ》を見る目だ。

どうやら目覚めてから今の今まで、俺は見知らぬ他人の顔で活動していたらしい。確かにそれはかなりヤバい奴だ。

「俺の顔……頭……首！　どこいった？　これ、誰だ!?」

疑問が次々と湧き出てくる。

でも時間が経《た》つにつれなんとなく事情が分かってくる。

「そうか……あの時、あいつらは礼拝堂から俺の体だけを持っていったんだ……。それならこの顔は一体……？」

　――我ら一同、お戻りを心待ちにしておりました。


「烏豪衆《うごうしゅう》の仲間の誰かの顔か……！」

　そう考えるとさっきの連中の態度にも合点がいく。

　連中は何か事情《わけ》があって俺の体とこの首をつなげ、生き返るのを待っていたんだ。

　ところが意識は俺、追月朔也《おうつきさくや》のままだった。

　それを連中は勘違いして……。

「どうりで声が違うわけだ！　クソ！　人の体と他人の首を勝手に接木するなんてどういう趣味してんだ！　それにしても……」

　不条理な現実に拳を振り上げては見たけれど、そんな怒りはすぐに悩みに変わった。

「参ったな。他人の首でも生き返るなんて……俺の体……デタラメだとは思ってたけど、ここまでとは……」

　俺は見知らぬ誰かの頭を掻《か》きながらため息をついた。

　あれはクーロンズ・ホテルの事件の時だったか。首から下が他人の体とつながった状態で蘇生《そせい》したことがあったけれど、意識は俺自身のままだった。

　あの時は脳を含めた頭部が俺自身のものだったから、首から下が他人のものでも意識は俺のまま――というのはなんとなく受け入れることができた。

けれど今回は逆だ。

体は俺。頭部は別人。

にもかかわらず意識は俺のままで保たれている。記憶も思考も人格も。

これは一体どういう理屈なんだろう？

自分自身の脳がないこの状態で、俺の意識は、精神は、魂は……一体全体どこに宿っているんだ・・・・・・？

「さっきから一人で何をブツブツ言っているのよ。大騒ぎするのに飽きたのなら私の前から消えなさい。シャルはここで人を待っているの。邪魔しないで」

答えの出ない深い疑問に囚《とら》われた俺を現実に引き戻してくれたのは、シャルディナの容赦のない言葉だった。

「いや、だから！　俺なんだよ！　俺は追月朔也《おうつきさくや》なんだ！　これを見ろ！」

俺は持っていたスマホをシャルディナに突きつける。

「お前が俺に渡してきたものだ。間違いないだろ？」

さらに目の前で指紋認証を試みる。体は追月朔也なので、当然ロックはすんなり解除された。

タネも仕掛けもない一連の証明を見て、シャルディナは初めて驚きの表情を浮かべた。

「え？　これって……どういうこと？　あなた……本当に朔也、なの？」

「ああ、そうだよ。秘密の場所にあるホクロのことでも教えようか？」

「あなた、少し会わない間に……ずいぶん直《・》し《・》た《・》の《・》ね」

「言っとくけど整形じゃないぞ。話せば長いんだ」

「言われてみればその鼻持ちならない返し……確かに朔也だわ」

　どこで判断してるんだ。

「やっと信じる気になったか」

「そう……朔也なのね」

　つぶやきながらシャルディナが立ち上がる。ヒールを履いていない分、いつもよりもさらに小さく感じられる。

　そんなことを考えていると、シャルディナがいきなりこっちに突進してきた。

「うわっ……ちょっ……！　げふぁ!?」

　下腹部へのタックルに体がくの字になる。

「お……お前、いきなり何を……」

「遅いのよ！　う……」

「う？」

「うえぇぇぇぁぁーん！」

　そしてシャルディナは俺の腹に顔を埋《うず》めて大泣きを始めた。

「お金《がね》……なくなっちゃったあぁぁ！」

何が何だか分からない。

窓ガラスに映った知らない男も、勘弁してよと泣きそうな顔をしていた。

□

フロアを取り囲んでいたのは、紺色のスーツに身を包んだ屈強な男性の方々でした。

彼らは既に椅子に座る薬杏《やきょう》様とフェリセットを取り囲んでいました。その他の人員は窓や裏口など、各々の配置で警戒態勢を取っています。

「あなたは……」

私は一目見て彼らが敵ではないと悟りました。

集団の指揮をとる男性のことを知っていたからです。

「また会ったな。追月朔也《おうつきさくや》の助手、リリテアさん」

「吾植《あがうえ》様、なぜこちらに？」

「気の荒い狼《おおかみ》連中のせいで驚かせてしまったかな」

突然ボーリング場を訪ねてきたのはヴォルフの皆様でした。

吾植様の率いる最初の七人《セブン・オールドメン》対策チームです。

「君らを探していたんだ」

「リリテアさんの知り合いか。それならよかった。だがボーリングを楽しむにしては、ふう……懐に隠している物が物騒すぎる」

薬杏様はそう言ってコーヒーを一口。言葉の割に焦りや安堵《あんど》の様子は微塵《みじん》も感じられません。

「追月薬杏さんですね。無粋な真似《まね》をして申し訳ない」

吾植様が敬意を持った仕草で手を差し出します。

「私をご存知《ぞんじ》で？」

「ええ。何冊かあなたの著書を拝読しました」

「それはありがとう。オカルトマニアには見えないけれど」

薬杏様は気負いのない様子でその手を握り返しました。

対してフェリセットは見るからに怯《おび》えた様子で薬杏様に抱きついています。いかにも事情を知らない無垢《むく》な少女にしか見えません。

ですがそれが演技だということを私は知っています。

彼女はヴォルフに自身の正体がバレることを避けようとしているのでしょう。ヴォルフの成り立ちと任務内容を考えれば当然のことです。

私も今はフェリセットの意思を尊重し、彼女の演技については触れないでおくことにしました。

「吾植様《あがうえ》、探していたとおっしゃいましたが、それは教会崩落の件でしょうか？」

あの惨事は既に各所で情報が拡散、報道されています。それをキャッチして駆けつけたのではないかと私は考えたのですが、答えは違いました。

「いや、報道で知ったが、あれとは別件だ。君らはあれにも関係しているのか？」

「それは……」

「まあいい。それよりもこちらの用件が先だ」

そう言って吾植様はボーリングの玉が出てくる機械――ボールリターンと言うのだそうです――に腰をかけ、深く息を吐きました。

それから被《かぶ》っていた黒いキャップを脱ぎ、短く刈り上げた頭をひと撫《な》で。

「ハオタオが日本に渡ってきたとの情報が入った」

「それは……最初の七人《セブン・オールドメン》の……？」

「そのハオタオだ。国家級武力《ウォーロード》。四刃《しきよう》の指。懲役411年の刑を科せられながら脱獄を果たした大罪人」

不吉な肩書きばかりです。

「これまでの流れから言って、最初の七人《セブン・オールドメン》は追月朔也《おうつきさくや》に接触するパターンが多かった。となればハオタオもいずれ彼に接触を図ってくるかもしれない。なぜそうなのかまでは分からないが、あの追月断也《たつや》の息子だ。何か惹《ひ》かれるものがあるのかもしれないな」

「だからあなた方は朔也様を探していたと」

「そうだ。ハオタオが日本入りした理由は不明だが、朔也君へ接触を図る可能性は充分にあった。それで慌てて情報を集め、ここへ駆けつけてきたわけだが……」

吾植様は脱いだ帽子をまたすぐに被り直し、ボーリング場の中を見渡します。

「その肝心の彼は……どうやら留守のようだな」

「それが……つい先ほど……」

私はこれまでの経緯《いきさつ》を話し、朔也様の不在を伝えました。

事情を聞いた吾植様は口元を手で覆いながら難しい顔をされました。

「鴉骸木《あがらぎ》一族か……耳にしたことはある。近頃お家騒動でばたついていると噂《うわさ》には聞いていたが」

「ご存知《ぞんじ》なのですか」

これには私、少し驚きました。

「国家秘密組織の情報網を甘く見ないで欲しいな。と言っても、俺もそれほど詳しいわけじゃない。だが奴《やつ》らが帰る巣と言えば一つだ」

「巣……と言いますと？」

「鴉骸木の本家だ。彼らの目的は分からないが、おそらく朔也君はそこへ連れて行かれたんだろう」

「本家……それはどちらにあるのでしょうか？」

抑えようとしても、つい気持ちが逸《はや》ってしまいます。

吾植様《あがうえ》はそんな私を落ち着かせるように意図的に間を置いてから、こうおっしゃいました。

「信州、膝折樹海《ひざおりじゆかい》の果て。唯一度村《にどなしむら》だ」

二章　君からは彼の匂いがする

シャルディナが人目も憚《はばか》らずわんわん泣くので、困り果てた俺はその口を塞いで急ぎ場所を移動した。

もちろん周囲から不審な目を向けられたけれど、運よく近くに人気のない小さな公園を見つけた。

そこは誰も手をつけない消費期限切れのパンみたいに、時代の流れからぽつんと取り残された区画だった。

ここなら静かだし、何より人目がない。けれど都会のオアシスというにはちょっと寂れすぎている。

「一文なしぃ!?」

シャルディナから事情を聞いた俺は、声を上げずにはいられなかった。

「宿代も、交通費も、そこらのファミレスに入る金もない……のか？」

シャルディナはベンチの上で膝を抱えたまま、こくりと頷《うなず》く。今しがた泣《な》き止《や》んだばかりだ。

「お前……大富豪怪盗《セレブリティ》だよな？」

金なら掃いて捨てて埋め立てられるほど持っているはずじゃなかったのか？

「締め出されたのよ……地球の経済から」

「締め出された？」

経済やら資本という言葉と無縁の俺にはピンとこない表現だった。

「世界中の政府、銀行、財閥、企業が連携してシャルを狙い撃ちしたのよ。人類史上例のない経済的制裁……ううん。鉄槌《てっつい》ね」

そこにはここ数年俺でもよく耳にする、例の四つのアルファベットで呼ばれる超大企業の名前も入っていた。

「ウォールフラワー作戦。スローガンは魔女を磔《はりつけ》にせよ……だって」

「壁の花……？　いや、でもそんなこと簡単にできるとは思えないんだけど」

「そうよ。簡単じゃないわ。実現不可能レベル。でもシャルの脱獄を受けて、とうとう普通は誰も実行しないようなレベルの計画を協力して打ち立ててきたのよ。入念な準備、偽の情報、こっちの裏をかく極秘計画《プロジェクト》。世界はよっぽどこの大富豪《セレブ》怪盗《リティ》を恐れていたのね。ふざけてるわ！」

それで何がどうなってシャルディナが無一文になったのか。俺には想像もつかない。シャルディナも細かく説明する気はないみたいだった。

ともかくその世界規模の作戦によってシャルディナは世界経済から切り離され、文無しになってしまったらしい。

「世界ではそんなことが起きてたのか」

素直な感想を口にしながら、俺は自分の喉をさすった。

他人の声にまだ慣れない。喉から上が入れ替わったせいで声帯も他人のものになっているのだ。

「ちっとも知らなかったよ」

「当たり前でしょ。この作戦は一切報道されていないもの。庶民の与《あずか》り知ることではないのよ」

一瞬、シャルのいつもの強気な口調が戻った、と思ったらまたすぐに肩を落とす。

「ま、今のシャルはその庶民以下、黄金虫以下の財力なんですけどねハハ」

あ、ヘラってる。

シャルディナが泣いたことにも驚いたけれど、こうして目に見えて弱っている姿というのも新鮮だ。あの、自信が宝石を纏《まと》って歩いているみたいなシャルディナがここまで落ち込むとは。

でも俺が財布を落としてもせいぜい数千円の痛手で終わる話だけれど、考えてみればシャルディナの場合桁が違いすぎる。軽く十桁は違うんじゃないだろうか。

大富豪怪盗《セレブリティ》にとってお金を失うということは血を失うのと同等以上の意味があるのかもしれない。

「こっちも色々と大変なんだけど、そっちも大変だったんだな」

「……やさ……優しくしないで！　どうせお金目当てなんでしょう!?　残念！　スイスの預金も世界中の資産物件も押さえられてシャルからは一ユーロも取れないわよ！」

「誰がカツアゲするか！　大体泣きついてきたのはそっちだろ！」

「な、なによ…………怒鳴らないでよ……。シャルよりお金を持ってるからって強気に出ちゃって……ぐす」

「俺だって今は所持金ゼロだよ」

「はあ!?　ゼロ!?　じゃあこれからどうするのよ！　はー……もう終わりよ。おしまいなんだわー……」

情緒不安定すぎる。

本当に見事にヘラってるな。

というか率直に言って面倒くさい。

「事情は分かったけど、それでお前はどうして日本にいるんだ？　旅費はどうしたんだ？」

「船に……密航した」

「密航って……」

ヘラっている割になかなかの根性だ。

「それで色々あって新宿に流れ着いたのか。あれ？　そういえばあのおっかないお付きの二人はどうしたんだよ。いつも一緒だったろ」

俺の振った話題にシャルディナがまた泣き顔を見せる。

「………ていった」

「え？」

「出ていった。給料を支払えないならさよならだって……」

「捨てられてるっ！」

「笑うな！」

傍目《はため》から見ていても結構仲良さそうな三人組に見えたのに、退職願を叩《たた》きつけられていたとは。でもあの二人をお金で雇っていたなら、まあそういうこともあるのか。

いや、リリテアだって一応追月《おうつき》探偵社で雇っている身だ。俺が怠けて給料の支払いが滞ったら見捨てられないとも限らない。これは他人事《ひとごと》ではないぞ。

「今まで色々よくしてあげたのに……あの薄情コンビ……バカ」

「それで一人ぼっちになって、最終的にコインランドリーの前でうずくまってたと。……もしかしてそのパーカーは」

「……拾ったの」

「盗んだな」

乾燥機の中に誰かが置き忘れていたものを拝借したらしい。

この国の道徳に照らし合わせるといかがなものかとも思うけれど、最初の七人《セブン・オールドメン》にここでモラルを説いたって仕方ない。それに悲しいかな、案外パーカーも似合っている。

「資産は凍結、世界中で指名手配もされてるし、この国に来たら来たでヴォルフとかいう面倒な連中が網を張ってるし、もうサイテーよ……。おかげで身動きも取れなくて……」

「過酷な道のりだったたな。でもすごい偶然だよな。こんなところで会うなんて………ん?」

偶然……本当に偶然か？

俺は考えながらもう一度スマホを取り出した。

そう言えば俺がシャルディナを見つけたのは例の地図アプリが作動し、彼女の位置をキャッチしたからだ。

そして自分の位置情報を俺に知らせるかどうかを決めることができるのは、シャルディナ本人だけ。

「そう言えばお前さっきここで人を待ってるって……もしかしてそれって俺のことか？　俺を頼って日本に来たのか？」

真意を探ろうとシャルディナの顔を覗《のぞ》き込《こ》もうとしたら「ててて」と逃げられた。そして反対側にあるブランコの上に収まる。そうしていると家出中の小学生が遊んでいるようにしか見えない。

図星だったらしい。

「他に頼れる人、いなかったのか」

シャルディナは返事の代わりにブランコをキコキコ揺らす。

「なんとかこの国に来たあとで、そうだわ！　って思って朔也《さくや》の位置情報を検索しようと思ったんだけど……スマホの充電切れそうだったから、せめてこっちの居場所だけでもって……」

あれは文字通りシャルディナの最後のＳＯＳ信号だったわけだ。

「それからもうどこ行けばいいか分からなくなって……足も痛いし……」

「それであそこで一人うずくまってた？」

キコ……

ブランコで返事するな。

「お金がなくなったら、みんないなくなっちゃった。シャルの軍隊も、家族《ファミリー》も……」

シャルディナがおずおずと俺の顔を窺《うかが》ってくる。両手で包み込んだら隠せてしまいそうなほど小さな顔だ。

「何よその目……まさか助けない気？　そうなのね……？　見捨てるんだ……そうなんだ……」

「見せつけるみたいに落ち込むなよ」

「ひど……そんな言い方ってないじゃない……。こっちはもう三日も何も食べてなくて、シャワーもお預けで散々なのに……あ、そういえばさっきピンク色の看板のお店の前でスカウトされかけたんだっけ。少しの撮影で二十万稼げるとかって、あはは、どーせシャルの人生終わりあそばしたんだし、もうそれでいっか」

「待て待て待て！」

それはどう考えてもヤバいスカウトに決まっている。

「安いよ安いよー、今ならシャル安いよお」

「大安売り始めんな！」

「なら……シャルを助けなさいよ」

「この顔見て分からないか？　今こっちもえらい目にあってる真っ最中なんだよ！　どこの誰だか知らない男の首に取り替えられて、おまけにやばい連中に追われてんの！」

「シャルだって追われてるもの！　助けなさいよー！　ちょっとシャルを安全なところへ連れていって、フルコースの夕食とワイン風呂を提供するだけなのよ！」

「さりげなく費用のかかる要求を……」

無一文になったとはいえ、さすがは大富豪怪盗《セレブリティ》だ。

「……はあ、分かったよ」

「ホント？」

「ああ、事情だけは分かった。ってことで俺はもう行くよ。邪魔したな」

「えっ？　えっ？」

俺の言葉を聞いてシャルディナは目に見えて狼狽《うろた》えた。期待していた返事と違っていたらしい。

「あのな、これまでどれだけお前に苦しめられたと思ってるんだ。逆になんで助けてもらえると思ったんだ。曲がりなりにも俺は探偵でお前は怪盗なんだぞ。じゃあな」

「ちゃ！　ちょ！　待ちなさいよ！」

「早くリリテアたちと合流してこのことを知らせないと」

「ねえってば！　え……？　うそうそ？　本気で置いていくの？」

立ち去ろうとする俺にシャルディナは心細げな声をかけてくる。

「置いてくんだ……。あーあ、シャル本当に一人ぼっちなんだ。このコンクリート砂漠のど真ん中で」

「な、なんだよ急に」

「そうよね。そもそも朔也《さくや》はシャルのこと嫌ってるし、助けてくれるわけなかったか……」

「いや……別に嫌いってわけじゃないけど」

「…………ホント？」

あ、余計なことを言ってしまったかもしれない。

でもデタラメを口にしたつもりもない。

「俺はお前がかつてどんな大犯罪を犯したのか詳しくは知らない。桁外れの懲役を科せられてるくらいなんだから、まあ世間的には間違いなく悪人なんだろう。でもお前個人に関して言えば、正直言ってすごい奴《やつ》だって印象を持ってるよ。あんな自前の空母なんて見せられたらお手上げだよ。あれには参った」

「……ふ、ふーん」

「口元、使い古したトランクスのゴムくらい緩んでるぞ」

「て、低所得なユーモアね！」

慌てて口元を手で隠しても遅い。

「それに親父《おやじ》の仇《かたき》ってわけでもないみたいだし、あと画廊島《ガレリア・イゾラ》じゃ一時的にせよ一緒に同じ謎を追ったわけ、だし？」

俺はなにを長々と喋《しゃべ》っているんだろう。自分が何に対してこんな言い訳めいたことを口にしているのか分からなくなってきた。

「嫌いじゃないなら好きってこと？　シャルに雇われたい？」

「それは拡大解釈が過ぎるな」

「もう！　煮え切らない人！　そんなに面倒臭いならいっそシャルを近くの警察署にでもなんでも突き出せばいいじゃない！　それで綺麗《きれい》さっぱりカタがつくのよね？」

「今はこっちにもそんな余裕ない。だいたい……」

「何よ」

「探偵は依頼された目の前の謎を解《と》くのが仕事であって、正義のために巨悪を挫《くじ》くのは専門外だ。別に探偵は正義の味方《ヒーロー》じゃない」

「一丁前に哲学を持ってるのね」

「お前のことを追ってたのだって、親父の失踪に関係してると思ってたからだし……それに何より」

「何より？」

「……目の前で泣いてる女の子を牢屋《ろうや》にぶち込む趣味はない」

少し居心地の悪い気分をごまかすみたいにそんなことを言ったら、シャルディナがハッと顔を上げた。

「な、なんだよ」

「……断也《たつや》と同じことを言うのね」

思いも寄らないことを言われて俺はポカンとしたまま固まってしまった。

親父が？

俺と同じことを？

あの親父が？

「でもお前、一度は親父の手で捕まえられて、それで監獄に収監されてたんだろう？」

「それは誤った情報。あの時、断也は確かにシャルの企《たくら》みを看破した。謎を解いた。けれど私を捕まえようとはしなかった。大人しく檻《おり》に入ってあげたのは断也にしてやられた自分を自分で罰するため。脱獄したのは塀の中の生活に飽きたから。それだけよ」

「進んで牢屋に入ってたっていうのか」

「不死の探偵が大富豪《セレブリティ》怪盗を捕獲したっていうのは、メディアが流したデマよ」

追月《おうつき》断也を体よく英雄に仕立てあげて数字を伸ばしたかったのね。そう言ってシャルディナは乾いた微笑《ほほえ》みを浮かべた。

「二年前、シャルのことを追い詰めた断也《たつや》は最後になんだか満足したような顔をしてこう言ったわ。『謎が解《と》けてすっきりしたから家に帰る』ってね」

「はあ?」

「国際警察への協力も事後処理も放り出して帰るって言い出したの」

「らしいというかなんというか……」

「もちろんシャルはこう言ってやったわ。ふざけないで。ここまできたら責任を持ってこのシャルディナを牢《ろう》へぶち込んで見せなさいって。それで返ってきたのがさっきの言葉」

シャルディナにとって俺は自分を捕まえた男の息子だ。本来なら気に食わない……どころか、もっと言えば逆恨みの相手としては申し分がない相手だ。それなのにどうして俺なんかを頼って日本にやってきたのか不思議だった。

でも今の話を聞いてなんとなく腑《ふ》に落ちた。

親父《おやじ》とシャルディナは俺が当初想像していたような、出会えば即血の流れるような最悪の関係ではなかったのかもしれない。

「ところでさっき泣いてる女の子とか言ってたけど、シャルは泣いてないわよ」

出会ってからここまでほぼほぼずっと涙目ですが。

「そこだけははっきりさせておかなきゃ後々の力関係に影響が……」

「まるで今後も関係が続くような言い方だな。おっと、もうこれ以上ここでのんびりしてられないな」

「う……結局見捨てて行く気……？」

「はあ？　お前がやりたいことをやるのに俺の許可がいるのか？　シャルディナって女の子はそんなタマだったっけ？」

「え？」

シャルディナの意外そうな顔。それがあまりに見事で、見ていると思わず吹き出してしまいそうだ。

「俺が来るなって言おうが消えろって言おうが、そうしたけりゃそうするだけ。いつ何をどうするかはシャルディナが決める。お前の世界ってそういうふうにできてるんじゃなかったっけ？」

「朔也《さくや》……」

「来ないなら俺はもう行くぞ。早く帰らないとリリテアが心配するんだ」

俺はベンチから立ち上がると、さっさと公園の出口を目指した。

「…………いく」

シャルディナは不貞腐《ふてくさ》れた子供みたいな顔をしていたが、案外素直に頷《うなず》いた。

□

公園を後にした俺はなるべく人通りのない道を選んで進みつつ、国道を目指した。

ヒッチハイクをしてひとまず事務所に戻る。それが俺の考えた精一杯の手だった。帰った後のことはそこで考える。

というわけで、ヒッチハイクをするならまずは大きな道へ出るに限る。

シャルディナは俺のジャケットの端を摘《つま》んで大人しく付いてくる。歩くたびに便所サンダルがカポカポと鳴る。

普段は縁のない、暗くて治安悪めな街並みに呑《の》まれているのか、若干心細そうだ。

この情けない様子を動画にでも収めておいて今後のあらゆる交渉材料に用いるという手もあるけれど、そんな撮影している俺の姿が不審者すぎるという問題をクリアすることができそうになかったので諦めることにした。

それにしても俺――と歩きながら考える。

なんで手を差し伸べる気になったんだろう？

自問自答してみる。

自分でもよく分からない。

でも強いて言えば、親父《おやじ》のことを語った時のシャルディナの表情が、俺にとっての最後の一押しになった。

うん。そういうことにしておこう。

考えながらついシャルディナのことを振り返ってしまっていたらしい。こっちの視線に気づくとシャルディナは「な、なによなによ」とおどおどした。

「いや、人間、お金がなくなるとこうも自信を喪失するんだなと思って」

「あなたは身の回りから空気がなくなっても平然と同じ生活を送れるの？」

シャルディナにとってはそのレベルの問題なのか。

「ね、ねえ。ところでシャル………………くない？」

「何？　シャル、お金を失ってから全体的に声も小さいよ」

「だ、だから！　その、臭って……ないわよね？」

シャルディナは自分の長い髪を一房鼻に近づけてクンクンしている。

「ああ、風呂に入ってないから体臭を気にしてるのか」

「はっきり言わないでっ」

「大丈夫だよ」

「ホントね？」

「臭いはしてるけどそれは生き物の自然な臭いだよ。臭いとか臭くないとかじゃないから安心しろって」

「今は臭いとか臭くないの議論してるのよ！」

「むしろ、俺好きだぜっ」

「好みの話もしてない！　やっぱり臭ってたんだ！　あーん！」

「だから臭ってるけど臭くないって話だよ。ケーキ屋に入って甘いお菓子の匂いがしても当たり前だし全然嫌じゃないだろ？　そういうアレだよ」

「もういぃ……」

いつもならもっと無軌道で無制限な異論、反論、減らず口が返ってくるところだけれど、資本を持たぬ者に口はなしとでも思っているのか、シャルディナはそれきり大人しくなった。


それから十分ほど歩いてようやく大きな道へ出た。

街のネオンと行き交う車のライトが俺たちの目を刺す。

俺は歩道ギリギリのところに立って段ボールの切れ端を掲げた。歩いている途中で捨てられているのを見つけたので、それを拝借したのだ。

ではペンもマジックもないのにどうやって行き先を書いたかというと――。

「自分の舌を噛《か》んで出した血で文字を書くなんて、涼しい顔してよくやるわね」

シャルディナはガードレールにちょこんと腰をかけて俺のやることを見ている。

「仕方ないだろ。書くものがなかったんだから。それに急いでたし」

「今更だけどちょっぴりあなたの正気を疑ったわ」

一切手伝うそぶりを見せない奴《やつ》に文句を言われたくない。

気を取り直してグッと道路側に看板を突き出してみせる。

「さて、できれば速攻で決めたいところだけど……」

大抵こういう流れだと見事に一台も停《と》まってくれないいんだよな。

と思っていたら、意外にもメッセージを掲げてほんの数十秒であっさりと一台の車が停まってくれた。

その上交渉するまでもなく後部座席のドアが開かれる。

「やった……！　あ」

大喜びで駆け寄って、すぐに気づく。

車の屋根の上に光る表示灯。

「なんだあんたら客かと思ったらヒッチハイカーか！　紛らわしいんですよぉ！」

タクシーだった。

「ここらは客の取り合いが激しいんだ、ヒッチハイクなら他所《よそ》でやってくれ！」

満足いくまで俺を罵ると、ドライバーは腹立たしそうに車を発進させた。

これはあまり幸先《さいさき》のよくないスタートだ――なんて思っていたら、そこへ追い討ちがかけられた。

反対側の歩道に黒スーツの集団が現れたのだ。

思わず身を屈《かが》めたけれど一歩遅かった。

連中は俺の顔を指すと口々に何か喚《わめ》きながら道路を渡ろうとし始める。

「まずいっ。烏豪衆《うごうしゅう》だ！」

交通量が多いおかげですぐには渡ってこられそうにないのが救いだけれど、それも時間の問題だろう。

「仕方ない！　シャル！　一旦ここから逃げて場所を変えよう！」

そう言った直後だった。

まるで見計らったようにまた一台の車が俺たちの前に停まった。

今度はタクシーじゃない。俺でもメーカーを知っている洗練された外車だ。ワックスも抜かりがないようで、ネオンがボディに美しく反射している。

「天の助け！　急いで交渉だ！」

「もしまた拒否するようなら運転席から蹴り出しちゃいなさい」

二人で車に駆け寄ると、見事なタイミングで窓ガラスが降りた。途端に車内からヘンテコな拍子を繰り返す音楽が漏れてくる。

俺は身を屈めて車内を覗《のぞ》き込《こ》んだ。シャルディナは屈む必要もなかった。

「あの、二人なんですけど構いませんか？　はっきり言ってかなり急いでまして！」

「ああ、僕も人生を急いでる」

即座に返ってきた返事に面食らう。

「あっ！」

けれどそれはその独特な言い回しのせいではなく、それを発した人物のせいだ。

今日はこれ以上驚くようなことはもうないだろうと思っていたけれど、まだあった。

「泣《きゅう》ちゃん！」

「ん？　見知らぬ顔の人。僕の名前を知っているということは僕の漫画の読者かな？　でも僕をその呼び方で呼んでいいのは今のところ世界で一人だけなんだ」

我が親友にして漫画家の哀野《かなしの》泣が絶妙なポージングでハンドルを握っていた。

□

「何？　見知らぬ人、悪漢に追われてるだって!?　ははあ、向こうから来るあの連中か。それなら急いで乗るといい」

今俺たちが置かれている状況を三秒で乱暴に説明したら、泣ちゃんはそれを一秒で理解してくれた。

助手席に転がり込むと、即座に車はタイヤから煙を上げながら急発進した。

俺は慌ててシートベルトに手を伸ばす。

「この一般人……異様に飲み込みが早いわね」

シャルディナも呆《あき》れている。

ちなみにシャルディナは俺の膝の上に収まっている。でも誤解しないで欲しい。泣ちゃんの愛車はツーシータータイプなのでそもそも他に座れる席がなく、これはやむを得ない選択だった。

「こういうシチュエーション！　昔からずっと夢に見てたんだ！　追われる主人公！　そこに巻き込まれるドライバー！　僕ならそんな時こうするぞって何度も頭の中でシミュレーションしたものさ」

泣ちゃんが嬉《うれ》しそうにハンドルを切り、交差点を右に曲がる。バックミラースレスレのところを都バスが横切る。

「ここ三日程この近くのホテルに缶詰になっててね、ようやく原稿から解放されてこれから帰るところだったんだけど、道端で見るからに理由《わけ》ありな二人がヒッチハイクしてたから、これは何かあるぞとブレーキを踏んだんだ。そしたら大正解だった！　これは漫画のいい題材になるって話だ！」

「そ、それならよかった……」

「それで見知らぬ人、どこへ逃げるんだい？」

「えっと……とりあえず追月《おうつき》探偵社へ！　住所は……」

「追月？　なんと！　君、追月探偵社に用があるのかい？」

慣れた手つきで車線変更をしながら、泣《きゅう》ちゃんは興味深そうに尋ねてくる。

「あー……それはですね」

これはなんと説明したものか迷う。顔は別人のものだけれど実は僕はあなたの親友の追月朔也《さくや》なんですとは言えない。言っても信じてはもらえないだろう。

「そ、そう！　今俺とこの子はとある大変な事件に巻き込まれてまして、助けを求めて噂《うわさ》に聞く追月探偵社を頼ろうと思ってたんです！」

これは我ながら悪くない筋書きだ。大枠では嘘《うそ》もついていない。

「つまり君は依頼人？」

「そうです」

いい。これはいいぞ。

と思っていたら――。

「嘘はいけないな」

「え……？」

「君は依頼人なんかじゃない。むしろ追月探偵社、いや、探偵・追月朔也の関係者だ。それも、かなり身近な」

あっさり見抜かれてしまった。

あてずっぽうのカマかけか？

いや、泣《きゆう》ちゃんがここまで断定するからには理由があるはずだ。

「でも……どうしてそう思うんですか？」

犯人にでもなったみたいな気分でそう問うと、泣ちゃんは真《ま》っ直《す》ぐ前方を見たまま言った。

「だって君からは彼の匂いがする」

「………え？」

「車に乗ってきた瞬間に分かった。その体から香る匂い、これはさっくんの匂いだ。間違いないね」

彼の主張に俺とシャルディナは思わず顔を見合わせた。

「嘘《うそ》だろ？」「キモいわね」

言葉にこそ出さなかったけれど、それぞれの感想はそんな感じだ。

それでも泣ちゃんは止まらない。

「というかだね、そもそもその体、僕のよく知るさっくんの体のように思えてならないんだ。その肩幅、手の形、肉付き、足首のシルエット！　改めて近くで確認するとどう見てもさっくんだ。でも首から上は間違いなく別人。整形とか特殊メイクとかそういう次元の変化じゃない。これが僕にはとっても不可解だ」

彼のねっとり感極まりない見事な考察を聞いて、シャルディナがさりげなく運転席から距離を取った。

「これって一体どういうことなんだろうね？　君は僕に隠し事をしている。謎は深まるばかりだ。でも一つ直感的に分かることがある」

「分かること？」

「僕の親友《さっくん》の身に何かが起きたということだ」

泣ちゃんはアクセルをさらに踏み込んで赤信号を突っ切る。

俺は泣ちゃんの言動を目の当たりにして、密《ひそ》かにちょっぴり泣きそうになっていた。

自分のいないところで俺のことを親友と呼び、そのために信号も法定速度も躊躇《ためら》わず無視する泣ちゃんの思いに、熱いものを感じていた。

けれど、そんな感動に長く浸っている暇はなかった。

「来たわよ」

シャルディナがバックミラーを指差す。

振り返って見ると後方に黒塗りのバンが三台連なっていた。車体には廃品回収業者の文字がプリントされている。

「君たちを追ってきたのか。そうこなくっちゃね」

バンはものすごい速度で俺たちの乗る車の運転席側に横付けすると、そのまま容赦なく体当たりをかましてくる。

「おおっ！　向こうは世間の目も法律も無視か！　面白くなってきた！」

やり返す泣《きゅう》ちゃん。

「ああ、車が！　泣ちゃん……じゃなかった、哀野《かなしの》先生ごめん！」

「いいんだよ。どうせ税金対策で買った車さ！」

すると今度は右側、助手席側にもバンが迫る。

「まずい！　左右から挟まれ――」

俺は咄嗟《とっさ》に運転手に危機を知らせようとした。

けれど俺の言葉は途中でうめき声に変わった。

「うぐぁっ――!?」

見ると自分の脇腹に深々と刃物が刺さっていた。

刀だ。

窓越しに外を見ると、右側のバンのスライドドアが開いていて、そこに見知った男が立っていた。

「あいつか……」

烏豪衆《うごうしゅう》を引き連れていた男。確か火拾《かしゅう》とか言っていたっけ。

右手に持った愛刀を突き出して車体を貫通させたらしい。

「ちょっと！　平気なの？」

シャルディナが意外にも甲斐甲斐《かいがい》しく傷口を手で押さえてくれる。

「大丈夫……だ。すぐに死ぬほどの傷じゃない。ほっとけば死ぬ前に治る。それより……！」

深く呼吸しながら助手席のウィンドウガラスを下ろすと、俺を串刺しにした火拾と目が合った。

「ったくさー……一仕事終えてさぁ、限られた時間で楽しく東京観光しようと思ってたのにさぁ、逃げ出したりするから呼び戻されちゃったじゃないか」

観光を邪魔されてイラついている。

「ねえ、なんで逃げたりしたの？」

「あんな連れ去り方されたら誰だって逃げ……」

「みんな兄貴の帰りを待ってたのにさ」

「……兄貴？」

その不可解にして聞き流せない呼び名について問い返そうと思った矢先、火拾の後ろに控えていた烏豪衆の一人が慌てた様子で口を挟んできた。

「か、火拾様、気をお鎮めください！　刃《やいば》を向けるなんて！」

「ハハッ！　ごめんごめん、少し手元が狂っちゃったんだよ。でも平気だよ平気！　ああして生き返ってるってことはさ、もう不死身ってことだろう？　ちょっとくらいぶっ殺しちゃってもきっと大丈夫だって！」

「で、ですが……」

「うるさいなー、お前、今すぐ車から降りる？」

なんだか揉《も》めている。

それを見計らった泣《きゆう》ちゃんが車を急加速させる。なんとか一旦バンを引き離すことに成功した。

「なんだろうねあの危ない連中は。日本刀って……今って何時代だっけ？　ところで君……刺されたのか？　僕の目には率直に言ってかなり致命傷のように見えるけど」

「し……心配しなくてもだいじょボファ！」

内臓をやられたらしく、俺は吐血を抑えられなかった。

「ごべん……シート汚した……。でも本当に大丈夫だから」

実際それは強がりというわけじゃなかった。

俺は自分の体が早くも回復を始めていることを感じていた。うまく言語化できないけれど、損傷した組織が元の形に復元されていくのを感じる。

絶命はしないですみそうだ。

「ところであの連中の言ってたことはどういうことなのかな？　生き返ったとか、不死身だから殺しても平気とか言ってたけど」

「それは……」

俺は自分でも呆《あき》れるほどその質問に対して言い淀《よど》んでしまった。

まずい。目の前で致命傷を受けるところを見られた上に、連中の会話も聞かれてしまった。

泣ちゃんはまだ俺の体質——不死性のことを知らない。

今まで巻き込みたくない一心から秘密にしていたからだ。

きっと真実を知っても泣ちゃんなら力を貸してくれるだろう。それどころか、より一層興味津々で首を突っ込んでくるに違いない。

でもだからこそ打ち明けたくなかった。

シャーロック・プリズンの時ですら明らかに巻き込み過ぎていたんだ。

泣ちゃんの厚意に、友情に甘えることで。

だけど本来泣ちゃんは無関係の人だ。確かにそうは思えないくらいに強い精神力と行動力を持っている人ではあるけれど、本業は立派な漫画家だ。

そんな人に全てを打ち明けて巻き込んでしまうのは……。

「朔也《さくや》、事情は知らないけれど、別に言っちゃえばいいじゃない」

ジーンとしていたら膝の上でシャルディナが平然と俺の名前を呼んだ。

「ちょ！　おいシャル！　ゲホッゲホッ……！」

「ん？　そこの小さい女の子、今朔也《さくや》って言ったかい？」

「誰が小さい女の子よ。ええ、言ったわ。だって朔也は朔也だもの」

「バカ！　それを言っちゃったら……」

「言っちゃったら何？」

シャルディナは平然とした顔をしている。

「お友達にあなたの不死の秘密を知られるのが怖いの？」

「あーあ……」

容赦のない暴露に俺は思わず天井を仰ぐ。

「この人を危険なことに巻き込むことになっちゃうだろ……」

「もう巻き込んじゃってるじゃない。今更よ」

「ちょっとちょっと、なんだい朔也って。なんだい不死って！　まさか……まさかまさか君がさっくん本人なのか⁉」

流石《さすが》に驚いたのか、その車体が左右に大きくブレた。

「シャル！」

「ごめんなさーい」

ちっともごめんなさいじゃない顔でシャルディナが舌を出す。

しかし考えてみれば今膝に乗せているのは愛らしい妹でも、親戚の素直な姪《めい》っ子《こ》でもない。あのシャルディナなんだった。

俺の事情で彼女の口に封をしておくことなんて最初からできるはずもなかった。

「もう……好きにしてくれ」

俺は座席を倒して横になった。


烏豪衆《うごうしゅう》に追われていること、首だけを別人のものとすげ替えられてしまったこと、そして――俺の不死の体質のこと。

荒っぽいドライブの途中でシャルディナがすっかり話してしまった。

「いやー驚きだ！　でも……うん、それならしっくりくる！」

真相を聞かされた泣《きゅう》ちゃんはハンドルを叩《たた》きながらすっかり興奮していた。

車は滑らかな坂道を登り、ＥＴＣゲートを潜《くぐ》る。

首都高に入ったらしい。

「君の匂い、体、それに反した知らない顔！　推理小説でいうところの入れ替わりトリックだね！」

「それはちょっと違うと思うよ泣ちゃん」

取り繕うことをやめて、朔也としてツッコミを入れる。

「あ、いつものさっくんだ」

泣《きゅう》ちゃんは嬉《うれ》しそうに車を加速させる。

「そっか。君は不死身だったんだね。ちっとも知らなかったよ」

「泣ちゃんの前ではまだ殺されたことがなかったからね。その……黙っててごめん」

「謝ることなんてないよ。不死身だなんて、そんな事情を抱えていたら僕だって絶対秘密にする。その方が美しいからね」

よく分からない理屈だけれど、その懐の深さには救われる。

「しかし……ということはつまり何度殺してもオーケーってことか……？　さ、最高だ……さっくん、君って人はどこまで僕にしっくりくるんだ……」

「泣ちゃん、何ぶつぶつ言ってるの？」

「気にしないで！　とにかくこれでスッキリしたよ。ルールもはっきりした。連中はさっくんのことを連れ戻そうとしている。さっくんはなんとか逃げ切ってリリテアちゃんたちと合流したい。オーケー？」

「うん。合流して自分の首を元に戻して、それでとりあえず熱い風呂で疲れを癒《いや》したい」

「いいね！　よし飛ばそう。激しい曲をかけていいかい？」

泣ちゃんがカーオーディオを操作する。

シャルディナはフロントガラスにおでこをくっつけて言う。

「待って、前からも来たわよ」

確かに前方からも黒いバンが一台近づいてくる。今度は前後で挟み撃ちするつもりらしい。

「烏豪衆《うごうしゅう》さんとやら。本気だね。さっくん、この状況、探偵としていつものように推理でなんとかならないのかい？」

「無茶《むちゃ》言わないでよ」

「今回はまだ密室殺人とか起きてない？」

「そういうのはイレギュラー中のイレギュラーだよ。探偵の仕事のほんの一部」

「そうだったっけ」

「密室、クローズド・サークル、ありえないトリック——それに挑まなきゃ探偵じゃないなら世の中の探偵の九割九部は廃業だよ」

「ならこれもイレギュラー？」

「当たり前だよ！」

「でも私が見た映画じゃ……」

俺たちの会話にシャルディナが交ざってくる。

「探偵が列車の屋根の上を走ったり、高層ビルを飛び移ったりもしていたわ。だったらこういうのも探偵の仕事って言っていいんじゃない？」

「それはフィクションで……」

そう返したものの、考えてみれば普段巻き込まれている事件もフィクションめいたものばかりだった。

「おっと、議論してる間に前の車、何か始める気だよ」

泣《きゆう》ちゃんの言う通り、前方のバンのリアゲートが左右に開いた。

こちらとの車間距離は十メートルほど。

「まさか後ろに銃架付きの機関銃でもついてるんじゃないだろうね」

さすがにそこまではしないだろう——とは俺にももう言えなかった。

緊張の面持ちでバンを注視していると、突然向こうの車体から人が飛び出してきた。

百キロを超える速度を出した車から——だ。

人影は宙高く舞い、そしてなんとこっちの車のボンネットに着地した。

ガクンと車体が揺れ、つんのめる。

一瞬、あの惨美《ざんび》とかいう少女が取りついてきたのかと思った。

でもそうじゃなかった。

「ああ……泣ちゃん、ある意味機関銃の方がマシだったかも」

ここへきて四面楚歌《しめんそか》って感じだ。

俺の膝の上でシャルディナが小さな体を強張《こわば》らせる。彼女は複雑な表情で相手を睨《にら》みつけている。

　ボンネットの上には二人の人間。

「あれま、仕事に駆り出されてみりゃ驚きの再会だ」

　一人は鮫《サメ》みたいに凶暴そうな女。

「ご無沙汰しております。元お嬢様」

　もう一人はナイフを髪飾りにした冷酷そうな女。

　アルトラとカルミナがそこにいた。

　強い風に髪を揺らし、狩人《かりゅうど》のような眼光でこっちを見ている。

　どういうことだ？　二人してシャルのことを助けにきたのか？

　シャルディナが俺の膝の上で前のめりになる。

「あなたたち、もしかして……」

　俺と同じ疑問を抱いたらしい。

　そんなシャルディナに対してカルミナが妖艶に微笑《ほほえ》む。

「残念だけれどまるで不正解です。今は新しい雇い主に好条件で雇われ、今日はその初仕事というわけです」

　その言葉を受けてシャルディナはしゅんと俯《うつむ》いてしまう。

「仕事？　高速道路で車に乗り移ってくることが？」

なんとなく少しでも意趣返しがしたい気分になったので、俺は二人に皮肉の言葉を向けてみた。でももちろんそんなものは何のダメージにもならなかった。

カルミナは微笑《ほほえ》みの中に冷酷さをまぶしたまま、こちらに視線を移す。

「もっと簡単なお仕事よ。さ、大人しくご家族のところに戻りましょうね。反抗期という齢《とし》でもないでしょう？　お坊ちゃん」

「俺を連れ帰るって？　一体どこに……」

「無駄話はなしだ」

割って入ったアルトラが細い腰に手を当てたまま、足で俺の顔を指す。

「どうあってもアンタを生きたまま連れ帰れって言われてんだよ。抵抗すんならヘソから手突っ込んで背骨の第一から第十二胸椎でだるま落としエンジョイすんぞ」

「あのー、差し出がましいようだけどさ、そんなことしたら流石《さすが》に死んじゃうから生け捕りも難しくなるんじゃないの？」

そんなアルトラを前にしているというのに、泣《きゅう》ちゃんは怯《おび》えも嘲笑の雰囲気もなく指摘する。

「冷静に茶々入れてんじゃねーよ！　そもそも誰だよテメーは！」

「巻き込まれた運転手ですが」

「じゃあ黙ってろ！　テメーの体掻《か》っ捌《さば》いて広げてよー、不動産の間取り図みてーにしてやろうかあ？　テメーは結果何ＬＤＫになんだろうなー？」

「あ、それは悪くない！」

「アルトラ、ヘンなの相手してないでさっさと仕事する」

「わーってるよ！」

あくまで冷静なカルミナに怒鳴り返しながら、アルトラが右手を大きく振りかぶった。

その様子を運転席から見上げ、泣ちゃんが俺に尋ねてくる。

「さっくん、確認しとくけどこの子たち、やばい？」

「……かなり」

「あー……」

嘘《うそ》偽りない俺の答えを受けて泣ちゃんはポリポリと頭を掻く。

「入っといてよかった！　保険！」

次の瞬間、アルトラの拳がボンネットに深く突き刺さった。

車体がひしゃげ、エンジンが悲鳴を上げる。

同時に車がコントロールを失い、派手にスピンした。

俺は咄嗟《とっさ》にシャルディナの体を包むように抱いた。

グンと体が持ち上がる。

車が浮き上がり、一回転した。

逆さまの景色。

アスファルトが迫ってくる。

ごめんリリテア。今日は帰りが少し遅くなりそうだ。

マイボールと旅をする女

KILLED AGAIN, MR. DETECTIVE.

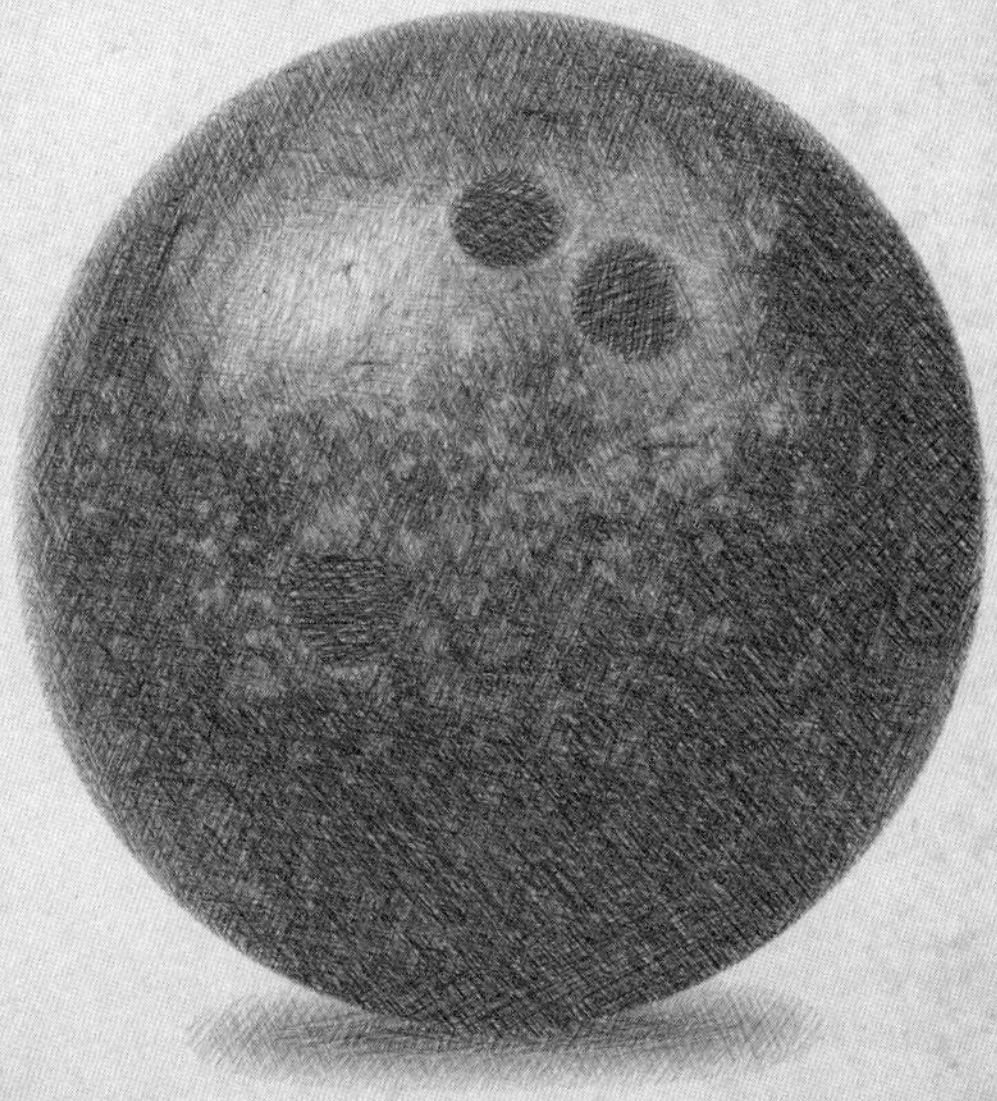

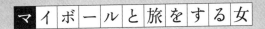

ハートマザー教会倒壊から一夜明け、私とフェリセットとゆりう……いいえ、ユリユーの三人は現在地方の在来線に揺られています。

行き先はもちろん唯一度村《にどなしむら》。

しかし地図を調べてみたところ、教わった場所にそのような名前の村は載っていませんでした。

載っていたのは全く別の、ごくありふれた響きの集落だけ。

ですが、そここそが唯一度村《にどなしむら》なのだそうです。

唯一度村《にどなしむら》とはそこに住む人々と、鴉骸木《あがらぎ》一族の歴史を知る人々の間でだけ語り継がれている裏の名前なのでしょう。

時刻はまだ午前十時過ぎ。

うとうとと船を漕《こ》いでいる乗客も少なくありません。

「車掌さん行った？　もう行ったよね？　はー！　荷物検査されたらどうしようかと思った！」

「ゆりう、女優なのに目が泳いでた。演技下手」

「えー？　下手かなあ？　ショックー」

フェリセットとユリユーが私を挟み、楽しそうに会話を繰り広げています。

今やすっかり距離も縮まったようですが、この先二人がお互いの正体に気づいたらどうなってしまうのか、あまり考えたくありません。

それはそれとして――。

「あの……私たち、なぜ三人横並びで座っているのでしょうか？　ゆりう様、向かいの席ではダメなのですか？」

私たちが座っているのは四人掛けのボックスシートのうちの片方――つまり二人掛けのシートです。そこに三人で座るというのは少々不条理に感じます。

「えー、だってなんか寂しいじゃないですか。せっかくの長旅だし？」

そう言ってユリユーは私と腕を組んできます。

一体何が狙いなのでしょう。

正体がバレた今、もう過剰に私に友好的なふりをして油断させる必要はないというのに。それともこれはフェリセットを欺くための演技でしょうか。

「これは旅行……なのでしょうか？」

少し違うような気がします。

「分かってますって。敵の本拠地へ行くんですよね！」

「声が大きいです」

「よく言われます！　わんわん！」

なんだかやり難《にく》いです。

ですがユリューの言ったことに間違いはありません。

私たちは向かわなければならない。

鴉骸木《あがらぎ》一族の下へ。

電車は一つ県をまたいでからもう随分と走っています。

遠く、山の稜線《りょうせん》——中央アルプスというのだそうです——が白くお化粧されていて見応え抜群です。美しい自然を横目にしながら、私は昨夜ボーリング場で吾植《あがうえ》様と交わした会話を思い返していました。


「我々ヴォルフは表立って君らに協力することはできない。情報提供がせいぜいだ。それに……」

「心得ております。大人の方々の世界はしがらみが多いのですね。本家の場所を教えていただいただけで充分でございます」

「リリテアさんにそう言ってもらえると助かる。だが、本当に行くのか？」

「参ります。朔也《さくや》様がそこへ連れ去られたのなら」

「本当なら漫呂木《そぞろぎ》の一人もつけてやりたいところなんだが、今別任務中でな。あいつの手が空き次第向かわせようとは思っているが……」

「構いません」

漫呂木様もヴォルフに配属となったことで以前のように単独で自由に動くわけにもいかなくなったようです。

ですが元より私は一人でも出発するつもりでした。

「リリテアさん、トランプしましょましょ！」

ユリューまでついてきたのは計算外でしたが。

薄曇りの陽気の中、電車はガタゴト健気《けなげ》に走ります。

緩やかな空気を目覚めさせるような声が発せられました。私を含め、幾人かの乗客が顔を上げます。

どうやら少し離れた席で赤ちゃんがぐずり始めてしまったご様子。母親と思《おぼ》しき女性があやしながら慌てて車両を出ていきます。

その背を見送った時、私の脳裏にあの方の――薬杏《やきょう》様のお言葉が蘇《よみがえ》りました。

「私と一緒にいると、あの子が死んでしまう」

ヴォルフの方々と別れ、ボーリング場を後にしようとした時のことです。

薬杏様は手で髪をかきあげるとこうおっしゃいました。

「それじゃ私は教会の後始末をつけてくる」

フェリセットとユリューは先んじて駅の方へ歩き始めています。

「薬杏様《やきょう》」

私は立ち去ろうとする薬杏様を思わず呼び止めていました。

こちらの意を察して彼女はその場で首を振りました。

「私は行かない方がいい」

「それは……」

「見たでしょう？　私に取《と》り憑《つ》いているモノがまたさっきのようなことを引き起こすかもしれない」

取り憑いている——モノ。

「いや、今まで何度も起きてきた」

「薬杏様……まさかそれが原因で家を出て……」

その時薬杏様は薄く、悲しく微笑《ほほえ》まれ、そしてあの言葉を口にされたのです。

「私と一緒にいると、あの子が死んでしまう」

「悪霊が……幼い朔也《さくや》様にその力を向けていたと言うのですか？」

「最初は不幸な事故だと思っていた。玄関先で転ぶ、階段から落ちる、上から落ちてきた植木鉢に当たる。注意力散漫な我が子を叱ったこともあった。でも違ったんだ。全ての原因は私にあったんだ。私と一緒にいる時にだけ、あの子は傷ついていた」

私は言葉を挟むことができませんでした。

「誰にも相談できなかった。断也《たつや》さんは依頼のために世界中を飛び回って、滅多《めった》に家に帰らなかったし、周囲の誰も目に視《み》えない災いの力なんて信じなかった。そうしている間にも不幸は続く。朔也は傷つく。私が息子に近づけば近づくほど、抱きしめれば抱きしめるほど」

それはあまりに残酷な――。

「そしてある日、とうとう決定的な不幸があの子を襲った。暴走した車が歩道に突っ込んできて、私もろともあの子を撥《は》ねた。十トントラックだった。運転手は無事だったけれど、アクセルを踏んでもいないのに勝手に車が暴走を始めたと証言した。私は……この傷こそ残ったけれど、一命を取り留めた」

そう言って薬杏様はご自身の顔の傷痕に触れます。

「でも当時五歳の朔也は即死だった。蘇生《そせい》も奇跡も介入する余地のない決定的な死だった」

死んだ――。

幼い朔也様が。

「潰れてたんだよ」

いえ、でも朔也様は――。

「そう。朔也《さくや》はそれでも生き返った。その事故がきっかけで私はあの子の不死性に気づかされたんだ」

肉塊と成り果てた息子が再生する姿を見て、母は悟った。

世の理《ことわり》を覆す我が子の体質を。

「朔也様の不死には何か原因や理由があるのでしょうか？」

「リリテアさんはあの子から聞いたことはない？」

「いいえ。いつだったかお尋ねしたこともあったのですが、朔也様もご存知《ぞんじ》ないようでした。自分がいつからそうだったのか定かではないのだと」

「だろうね」

薬杏《やきょう》様は私の目をじっと覗《のぞ》く。まるでそこにかつての朔也様の姿を探すみたいに。

「あの子の不死の原因は私にも分からない。いつからそうだったのかも分からない。一才の頃からか、それとも三歳か。あの事故の瞬間に不死になったのかも。いや、もしかしたら生まれた時からだったのかもしれない。もしそうだとしたらそれは私の責任」

「そんなことをおっしゃらないでください」

こちらの言葉を丁寧に受け取ってくださりつつも、薬杏様は慰めに浸ることなく言葉を続けられました。

「そしてその後も私に取《と》り憑《つ》くモノは朔也を攻撃し続けた。そしてあの子は何度も死んだ。

何度も何度も死んで、何度も何度も生き返った。幼くして死の苦しみを繰り返し体験しながら成長していったんだ」

粗大ゴミを大量に積んだトラックが、話し込む私たちの横を通り過ぎていきます。

走り去るそのトラックを目で追いながら、薬杏様は淡々と語りました。

「あの子の死に顔を見つめるたび、あの子の死体を抱き上げるたび……そしてあの子が平然とした顔で息を吹き返すそのたびに、私は朔也の不死を呪った。この子が生き返らなければ、不死でさえなければ、死の恐怖と苦しみをこんなに何度も味わうこともなかったのにと。不死身の体なんて、こんなもの、消えてなくなればいいのにと」

我が子の命が何度もその手からこぼれ落ちる。その死を何度も繰り返し目の当たりにする。それは母親にとってどれほどの苦しみでしょう。どれほどの無力感でしょう。

少し離れた場所にある自動販売機の明かりの前で、フェリセットとユリューがこちらを振り返っています。こちらの会話が終わるまで待ってくれているようでした。

「でも本当は分かっていたんだ。消えるべきなのは私だったんだ。私がいるから朔也を苦しめる。私が抱いてやりたいなんて考えるから、朔也を何度も殺してしまう」

「そんなことはありません！」

私はたまらず声を張り上げていました。

でも、その先に繋《つな》げる適切な言葉がどうしても見つかりませんでした。

それが私にはなんだかとっても悔しかったのです。

「だから私は家を出た。そしてできる限りあの子と会わないようにした。それでも……結局我慢できずに度々会いに行ってしまっていたのだから救いがないよね」

「……きっと、朔也《さくや》様はそのわずかな時間に救われていたと……思います」

「どうしてリリテアさんが涙ぐむの。おかしな子」

「だって……」

朔也様にそのような過去があったなんてちっとも知りませんでした。助手を気取っておきながら、私は何も知らなかったのです。

「その様子だと朔也からは何も聞いてなかったみたいだね。でも怒らないでやって。あの子は人のあれこれには首を突っ込むくせに自分のことは後回しなんだ」

「はい……よく、存じております」

本当に、私は助手失格でございます。

ですが今はもう知っています。昨日の私よりも今日の私の方がより合格には近づいているはず。そう思いたい。

そう前向きに考えて、ふと気づきました。

断也《たつや》様は「母さんによろしく」という旨の伝言を間接的に朔也様に伝えました。それを受けて朔也様は手がかりを求めて薬杏《やきょう》様をお訪ねになった。

結局薬杏様から有効な手がかりは得られませんでしたが、あるいは断也様の狙いは母と子を再会させることそのものにあったのかもしれません。

実際、断也様の言葉がきっかけとなって、朔也様と薬杏様は数年ぶりの再会を果たした。

断也様はただ、その機会を、その時間を作ってあげたかっただけだった——。

という推察は、いささか前向きさが過ぎますでしょうか。

親父《おやじ》に限ってそんなことは絶対に考えていないと、朔也様ならおっしゃるかもしれませんね。

ですが本来であればここまで交わしてきたような会話は私とではなく、朔也様としていただきたかった。

私はそのように思います。

つくづく、朔也様のお体を取り戻すことができなかったことが悔やまれます。

「さあリリテアさん、暗い話はもう終わり。色々語っちゃったけど、ふぅ……あれもこれもみんな私個人の視点から見た出来事だ。つまり全て私見だよ。人によっては育児疲れで頭のおかしくなった女が、全てを悪霊だか妖怪だかのせいにして逃げているだけに見えるだろうね」

「それは……」

「気を遣ってくれなくていい。私に取り憑《とつ》いているモノ、私が見ているモノ、追っているモノ、それらはどこまで追求しても、どこまで証明しても、私見の域を出ない。論理《ロジック》と科学の世界がそれを許してくれないんだ。だからあくまでこれは私見」

そう言って彼女は笑います。

「これは別にふてくされているわけでも諦めているわけでもないんだ。確かに私一人がいくら喚《わめ》いたところで世界の理《ことわり》は簡単には覆らないと思う。でも私はこの私の世界を歩いていくしかないんだ」

「あなたはもしや……ご自身に取《と》り憑《つ》いた何者かを葬り去る手立てを求めてそのお仕事を……」

「その先は言わぬが花だよ、リリテアさん」

気づけば私は薬杏《やきょう》様の両腕によって抱擁されていました。

「薬杏様……」

「ついていけないけれど、私は私で見えないところから君たちをサポートするよ。だからリリテアさん――」

それはごまかしや甘やかしではない、対等な者に対する敬意の抱擁でした。

「どうか息子のことをよろしくお願いします」

「はい。必ずご子息を無事にお連れします。その時にはどうか直接薬杏様が秘めていらっしゃる愛情を朔也《さくや》様に伝えてあげてください」

「むー……ん」

そこで薬杏様が出会ってから初めて照れを含んだ表情を浮かべられました。

目上の方にこのような表現をするのは憚《はばか》られますが、率直に言ってそれはとても、とっても愛らしい表情でした。


薬杏様に取り憑いているナニか。

それは私には想像もつかないものなのでしょう。

彼女は彼女の戦いをする。

ではリリテアはリリテアの戦いをしましょう。

「それ、網棚に置かないのか？」

ふと見れば私の隣でフェリセットが天井付近を指差しています。

「あそこは荷物を置くためのスペースだと聞いているが」

「いいえ。ここでいいんです。ありがとう」

彼女の気遣いに礼を言い、私は膝の上に載せた黒いバッグをひと撫《な》でします。

そうしているとなんだかムズムズと刺激されるものがあります。

ああ――。

いけない。こんなところで。

きっと薬杏様《やきょう》から幼い頃の朔也様《さくや》のお話をたくさん聞かせていただいたせい。

私の知らない朔也様のことを知って、心がざわついているせい。

それなのに、そんな時に限って朔也が隣にいない――。

ダメ。

よくないわ。

我慢しなきゃ。

でも、今は近くに他のお客様の目もないようだし――少しだけなら。

いいよね？

形容できない淋《さび》しさに囚《とら》われて、私はついついバッグのジッパーを開けてしまいました。

でもほんの少し、拳二つほどだけです。

けれど陰になって中がうまく見えません。窓から差し込む日差しが私に意地悪をしています。

もう少し開けようかしら。

もう少しだけ――。

「あらら、可愛《かわい》らしいお嬢さんたちね」

突然声をかけられて驚きました。

顔を上げると、向かいの二人掛けの席に見知らぬ高齢のご夫婦が座っていらっしゃいました。

　気づけば電車は次の駅に停車していました。

　つい没頭してしまって気づくのが遅れてしまったようです。

「主人の退職祝いにね、二人で登山でもしようかって出てきたの。お嬢さんたちは？」

「おいおいお前、不躾《ぶしつけ》にそんな質問をするもんじゃないよ」

「いいじゃない、これも旅の縁よ。ねえ？」

　仲睦《むつ》まじいご様子です。

「あたしたちも旅行なんです。仲良し三人組なんですよっ。ねー？」

　ユリューがいつもの調子で明るくご夫婦に応対しています。

「そう。一人の男を探し求めて不帰の旅路」

「ちょっとフェリちゃーん、ユーモア出しすぎ出しすぎぃ。あひゃひゃ」

　フェリセットは別として、ユリューの演技には綻びというものがありません。さすがに慣れたものです。

「あら、あなたどこかで見たような……」

「あ、なんとかって女優さんに似てるってよく言われるんですよー」

「そうそう！　確かに似てるわね！　そちらのお嬢さんは大人しいわね。もしかして外国の方？」

口数の少ない私を気遣って奥様が私に声をかけてくださいました。

「日本は長いの？　この国は四季があっていいでしょう？」

「はい。やってきて以来、全く飽きるということがございません」

「そう。それは何よりだわ！　ところで気になっていたんだけど」

奥様が軽く身を乗り出します。

「あなた、変わったバッグで旅行しているのね。失礼になっていなければいいんだけれど、若いお嬢さんが好んで使うには珍しいというか……」

「こちらでございますか」

「確かになあ。それ、ボーリングのマイボールを入れるバッグにも見えるなあ」

夫君も興味を惹《ひ》かれたのか、会話に交ざってきます。

「そう言えばそうねえ。お父さんもこういうの昔持ってたわよね。ボーリングにお熱だった頃」

「若い頃の話だよ。ぎっくり腰でやめてもう三十年も経《た》つ。でも懐かしいなあ」

「そうして膝の上に置いて片時も手放そうとしないなんて、お嬢さんにとってよっぽど大事な物を入れているのね」

ええ。ええ。とっても大事な物なんです。

「ご覧になりたいので、ございますか？」

私がそう発した瞬間、フェリセットとユリューが動きを止めたのが分かりました。

チリチリ――

一度は閉めたジッパーをまたわずかにずらして見せます。

「あらあらそんな！　いいのよう！　若い女の子のバッグを覗《のぞ》こうなんて思ってないわ。ちょっと気になっただけ。ね？　あなた」

「うん。あ、そうだ君たちみかん食べるかい？」

「わあ！　いただきます！　ね、リリテアさんも！」

「はい」

「……おい、気でもおかしくなったか？　余計なトラブルはごめんだぞ」

ユリューが耳元で囁《ささや》きかけてきます。

「お前は何も考えずにそいつをガッチリ抱えてればいい。そこにゆりうとしての面影はありません。スタメン落ちのかかったラガーマンみたいに必死にな」

「……ごめんなさい。冗談なんです」

「あ？」

「冗談、だったんです。ほんの」

「そう。次はもう少し笑えるのを頼む」

自分でもなぜあんなことを言い出したのか不思議です。

最初はほんの少しお顔を見るだけのつもりだったのに。

このような形とはいえ、旅の雰囲気が私を高揚させたのでしょうか。

ううん。違う。

そうよ。私はジッパーの隙間から、素敵な車窓の景色を少しでも見せてあげたかっただけ。


やがて車輪の音が緩やかに遅くなり始めました。

目的地が近づいてまいります。

鳴き声が聞こえました。

見ると車窓の向こうに古びた電信柱。

そのてっぺんにカラスが一羽。羽を閉じてじっとこちらの方を見ています。

まるで何かを見張ってでもいるような――。

あ。

今、目が合いました。

いいえ、カラスとではありません。

朔也《さくや》様とです。

バッグを閉じるほんのわずかな瞬間のこと。

目と目が合った――。
そんな気がしたのです。
でもきっと気のせい。
私の勘違いでしょう。
だって朔也様はあれからずっと安らかに目を閉じたままなのですから。
この小さなバッグの中で。
夢を見る幼子のように。

あとがき

少々期間が空いてしまいましたが、こうして無事五巻が刊行されました。

四巻はそれなりに大風呂敷を広げた事件を扱いましたが、その反動か今回は幾分現実的な依頼から物語の幕が開きます。

思えば『またころ』の世界はこれまで事件また事件の連続で、なにかにつけ物騒で、目まぐるしくて、気の休まる暇というものがありませんでした。もちろんそれは作者が意識的にそうしたからなんですが、今回は朔也《さくや》たちの日常的な生活の部分、あるいは人間的な部分を少しはお見せできたんじゃないかと思います。

などと言っておいてあれなんですが、結局一方で朔也とリリテアにはいつも通りかそれ以上に体を張ってもらってもいるので、決して平和な日常の巻というわけでもないのでした。

探偵って大変な職業。

謎めいた鴉《からす》の一族も登場しまして、果たしてこれからどうなっちゃうの？　と自分自身が一番ハラハラしています。

ところで古今東西、創作物の中の探偵には様々な側面があります。

浮気、素行調査、人捜しといった現実的な業務をこなすタイプ。

密室殺人や死体消失といった難事件や、日常の中に潜むささやかな事件などを解決するタイプ（おそらくフィクションの中で多く登場するのはこのタイプでしょう）。

そして調査の中でいきがかり上、体を張ってあらゆるアクションとバトルをこなすハードボイルドタイプな探偵もいます。

では朔也はどのタイプなのかと言うと、彼は現実的な依頼も引き受けるし、難事件、怪事件にも巻き込まれるし、文字通り命を賭けて（放り出して？）無茶苦茶なアクションもするので、結局全てに当てはまってしまうことになります。

でも実を言うと元々構想の段階で次作の主人公は『なんでもやる探偵』にしようと考えていたので、これはなるべくしてそうなったと言えます。

朔也はこちらが思いつく限りの荒唐無稽、非人道的なアイデアのすべてを、いつもその身一つで受け止めてくれます。不死身なので。

実に懐の深いナイスな探偵です。

それ故に冒頭でも言った通り、朔也には身も心も休まる時がなくなってしまったんですが、どうかリリテアの膝枕でチャラにして許して欲しいです。

リリテア、ユリュー・デリンジャー、フェリセット。
なんとも奇妙な取り合わせの三人が訪れるのは、地図には載っていない小さな村、唯一度村。

そこは、江戸時代から続く探偵一族、鴉骸木一族の本家があるという——。

KILLED AGAIN, MR. DETECTIVE

また殺されてしまったのですね、探偵様
6

２０２４年冬発売予定

※2024年3月時点での情報です。

『また殺されてしまったのですね、探偵様』
コンビが贈る最新作！

※2024年3月時点での情報です

昨今にわかに問題となっている「外来呪」問題。
海外からやってきた大小様々な外来呪が、
日本在来の幽霊、妖怪、神を脅かし、
神態系の乱れは市井の人々にも影響し始めていた。

そんな世界で生きる少年・ヤクモ。
彼にはとある秘密があった。
強大な悪霊・キリヱに取り憑かれていること。
そして――己の拳で霊を殴れること⁉

怨霊を腕力でぶっ飛ばせ！　新世代のニューヒーロー、ここに誕生！

ヤクモとキリエ（仮）

2024年8月発売予定。

著：てにをは
イラスト：りいちゅ
クリーチャーデザイン：まーぼー

ファンレター、作品のご感想をお待ちしています

あて先

〒102-0071　東京都千代田区富士見2-13-12
株式会社KADOKAWA　MF文庫J編集部気付
「てにをは先生」係　「りいちゅ先生」係

読者アンケートにご協力ください!

アンケートにご回答いただいた方から毎月抽選で
10名様に「オリジナルQUOカード1000円分」をプレゼント!!
さらにご回答者全員に、QUOカードに使用している画像の無料壁紙をプレゼントいたします!

■ 二次元コードまたはURLよりアクセスし、本書専用のパスワードを入力してご回答ください。

http://kdq.jp/mfj/　パスワード　tddzj

- ●当選者の発表は商品の発送をもって代えさせていただきます。
- ●アンケートプレゼントにご応募いただける期間は、対象商品の初版発行日より12ヶ月間です。
- ●アンケートプレゼントは、都合により予告なく中止または内容が変更されることがあります。
- ●サイトにアクセスする際や、登録・メール送信時にかかる通信費はお客様のご負担になります。
- ●一部対応していない機種があります。
- ●中学生以下の方は、保護者の方の了承を得てから回答してください。

MF文庫J

また殺されてしまったのですね、探偵様5

2024年3月25日　初版発行

著者　てにをは

発行者　山下直久

発行　株式会社 KADOKAWA
〒102-8177 東京都千代田区富士見2-13-3
0570-002-301（ナビダイヤル）

印刷　株式会社広済堂ネクスト

製本　株式会社広済堂ネクスト

©teniwoha 2024
Printed in Japan　ISBN 978-4-04-682447-9 C0193

◎本書の無断複製（コピー、スキャン、デジタル化等）並びに無断複製物の譲渡および配信は、著作権法上での例外を除き禁じられています。また、本書を代行業者等の第三者に依頼して複製する行為は、たとえ個人や家庭内での利用であっても一切認められておりません。
◎定価はカバーに表示してあります。

●お問い合わせ
https://www.kadokawa.co.jp/（「お問い合わせ」へお進みください）
※内容によっては、お答えできない場合があります。
※サポートは日本国内のみとさせていただきます。
※Japanese text only

◇◇◇

アドロイド

1101023122421 4427

著 てにをは　画 宇佐崎しろ　出演 アド

A STORY D
WITH THE FOU
THAT D

みんな、前世で出会ってた——
作家・てにをはが紡ぐ、
歌い手Adoの「前世小説《パラレルワールド》」！

波間を漂う少女アド……記憶をなくした彼女が目を覚ましたのは、人間界からはじきだされた機械（オートロイド）たちが暮らすエルゥエル島だった。右も左もわからない中、オートロイドの少女、ウル、メイ、ラギ、オドと出会い、暮らすうちに彼女たちが「大切な存在」になっていることに、気づいていくアドだが……時折よぎる記憶の断片……本当の私は一体誰？
そして運命は、いやおうなしに争いに翻弄されていく。
Adoの「前世譚」として、作家・てにをは氏が紡ぐパラレルワールド小説。

2024年4月19日発売予定！

KADOKAWA刊

INFORMATION

シャーロック＋アカデミー

好評発売中

著者：紙城境介　イラスト：しらび

真実を、競い合え――！

消せる少女

好評発売中
著者：あまさきみりと　イラスト：Nagu

──彼女はどんどん、消えていく。

INFORMATION

探偵はもう、死んでいる。

好評発売中

著者：二語十　イラスト：うみぼうず

第15回MF文庫Jライトノベル新人賞
《最優秀賞》受賞作

INFORMATION

ようこそ実力至上主義の教室へ

好 評 発 売 中
著者：衣笠彰梧　イラスト：トモセシュンサク

——本当の実力、平等とは何なのか。

INFORMATION

Re：ゼロから始める異世界生活

好評発売中

著者：長月達平　イラスト：大塚真一郎

幾多の絶望を越え、
死の運命から少女を救え！

INFORMATION

死亡遊戯で飯を食う。

好　評　発　売　中

著者：鵜飼有志　イラスト：ねこめたる

自分で言うのもなんだけど、
殺人ゲームのプロフェッショナル。

INFORMATION

クラスの大嫌いな女子と結婚することになった。

好評発売中

著者：天乃聖樹　イラスト：成海七海
キャラクター原案・漫画：もすこんぶ

クラスメイトと結婚した。
しかも学校一苦手な、天敵のような女子とである。

義妹生活

好評発売中

著者：三河ごーすと　イラスト：Hiten

同級生から、兄妹へ。
一つ屋根の下の日々。

INFORMATION

ノーゲーム・ノーライフ

好評発売中
著者・イラスト：榎宮祐

「さぁ——ゲームをはじめよう」

いま“最も新しき神話”が幕を開ける！

INFORMATION

聖剣学院の魔剣使い

好評発売中

著者：志端祐　イラスト：遠坂あさぎ

見た目は子供、中身は魔王!?
お姉さん達と学園ソード・ファンタジー！

INFORMATION

ベノム 求愛性少女症候群

好 評 発 売 中

著者：城崎　イラスト：のう

原作・監修：かいりきベア

悩める少女たちの不思議な青春ストーリー

グッバイ宣言シリーズ

好 評 発 売 中

著者：三月みどり　イラスト：アルセチカ

原作・監修：Chinozo

青い春に狂い咲け!

INFORMATION

INFORMATION

西野 ～学内カースト最下位にして異能世界最強の少年～

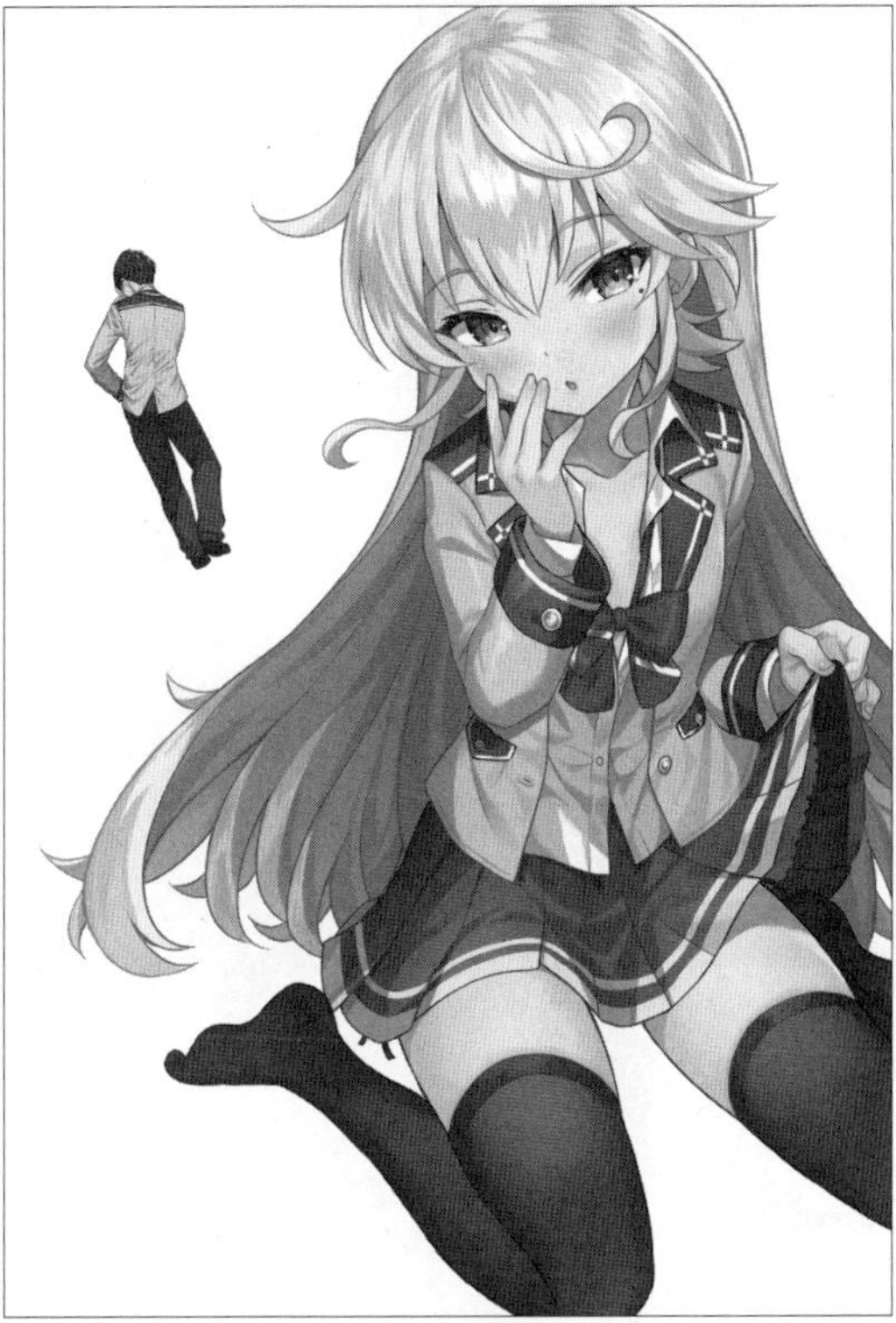

好評発売中

著者：ぶんころり　イラスト：またのんき▼

Webで熱狂的人気を誇る伝説の金髪ロリヤンデレラノベ、待望の書籍化！

INFORMATION

恋は暗黒。

好評発売中

著者：十文字青　イラスト：BUNBUN

命の残機がある少年と、触れた人の命を奪う少女。二人の暗殺者の恋愛譚。

INFORMATION

ゾンビ世界で俺は最強だけど、この子には勝てない

好評発売中

著者：岩波零　イラスト：TwinBox

- -

滅亡寸前の日本で、可愛い後輩とイチャイチャサバイバル！

僕らの春は稲妻のように

好　評　発　売　中

著者：鏡 遊　イラスト：藤真拓哉

「わたしの恋は猛スピードだからね」
キスだけ禁止の許嫁生活、開幕！

INFORMATION